ars vivendi

GEBURTSTAG

Kurzgeschichten

Sechs poetische Stimmen
Nach einer Themenidee von Rafik Schami
Herausgegeben von Rafik Schami

ars vivendi

Originalausgabe

1. Auflage März 2017

www.arsvivendi.com

Lektorat: Dr. Felicitas Igel
Umschlaggestaltung: Philipp Starke, Hamburg
unter Verwendung eines Fotos von © plainpicture/hasengold
Gedruckt auf holzfreiem Werkdruckpapier
Printed in the EU

ISBN 978-3-86913-762-9

Geburtstag

Inhalt

Rafik Schami

Mein Sternzeichen ist der Regenbogen

Salmas Plan

Mein Sternzeichen ist der Regenbogen

Von der Schwierigkeit, ein Geburtsdatum herauszufinden

Es war Antoinette, meine erste Freundin, die mir zum ersten Mal die Frage stellte: »Wann bist du geboren?«

Ich war vierzehn Jahre alt, Antoinette sechzehn – und für mich eine einzige Verführung. Sie war mir mindestens ein Jahrzehnt voraus, aber wir liebten uns leidenschaftlich. Natürlich heimlich. Ihr Bruder Gibran, ein arabisch sprechender Gorilla, hätte sonst aus mir einen um Gnade bettelnden Knetgummi gemacht. Ich versicherte ihr immer wieder, dass ich nicht nur bereit war, mich von ihrem Bruder walken, sondern auch kreuzigen zu lassen. Das hat ihr sehr imponiert.

In unserer christlichen Gasse war der freie Umgang zwischen Mädchen und Jungen erlaubt, aber sexuelle Regungen waren verboten, und erotische Gedanken wurden in eisernen Käfigen gefangen gehalten. Beides jedoch war an der Tagesordnung. Man riskierte entweder die Befriedigung seiner Leidenschaften an einem verborgenen Ort, oder man vereinsamte mit seinen Wünschen und Fantasien. Mit Antoinette, der ich mich bereits mit zehn anvertraute, hatte ich Glück. Sie brachte mir alles bei, was sie bei ihren Eltern abgeguckt hatte. Oft führte ich nur wie benommen aus, was sie mir zeigte, aber ihr Geruch regte mich ungeheuer an, mehr als alle Schönheiten der Filmindustrie. Diesen Geruch gab es nur einmal auf der Welt, und er gehörte zu Antoinette. Eine Mischung aus Pistazien, Jasmin und frischem, knusprigem Brot. Unbeschreiblich.

Unsere Eltern waren nicht nur Nachbarn, sondern auch eng befreundet, und so erregte es keinen Verdacht, wenn ich bei Antoinette oder sie bei mir auftauchte. Und Verstecke gab es in beiden Häusern genug.

Ihr Bruder Gibran traute mir nicht zu, diese aufblühende Schönheit auch nur wahrzunehmen. »Ihr seid wie Geschwister, nicht wahr?«, fragte er bei jeder zweiten Begegnung und klopfte mir so fest auf den Rücken, dass meine Lungen am liebsten den Brustkorb verlassen hätten.

»Ja, klar«, hustete ich ängstlich und widerwillig.

Zurück aber zu Antoinettes Frage. Ich wusste schon, wie alt ich war, aber niemand, weder ich noch irgendjemand in meiner Familie oder im Freundeskreis, wusste von sich selbst, wann genau er oder sie geboren worden war. Der Geburtstag spielte in meiner Stadt Damaskus damals keine Rolle. Antoinette aber wusste zu den Geburtstagen ihrer Familienangehörigen auch die Sternzeichen dazu, wie sie mir eines Tages erzählte.

Ich besaß keinen Ausweis, also eilte ich an jenem Tag nach Hause und schaute in das Familienbuch, das meine Eltern im Schrank aufbewahrten. Dort stand: 23.6.1946.

»Das hätte ich wissen müssen«, sagte Antoinette bedeutungsvoll, »du bist typisch Krebs, und doch hast du einige andere Eigenschaften, die mit deinem Sternzeichen nicht harmonieren.«

Das konnte die schöne Antoinette. Sie war die Tochter der besten Schneiderin im christlichen Viertel. Frauen aus allen Schichten trafen sich dort, und Antoinette hörte mehr Dramen, als das Nationaltheater anbieten konnte. Sie erfuhr durch die Kundinnen sehr viel über das Leben und seine Tücken. Bei ihrer Mutter lagen auch alle Mode-, Klatsch- und Familienzeitschriften aus. Antoinette studierte sie Woche für Woche und konnte besser als das Radio ganze Stunden von den Skandalen und Liebesaffären erzählen, doch fasziniert haben sie die Sternzeichen. Ich hatte keine blasse Ahnung davon.

Krebse mochte ich nicht. Nichts an diesen Tieren war mir sympathisch, und noch dazu hieß die Krankheit, die man bis dahin *jene Krankheit* genannt hatte, nun *Krebs*.

»Was heißt ›typisch Krebs‹?«, fragte ich also.

»Harte Schale, weicher Kern, gefühlvoll, aber schüchtern. Du hast etwas Kindliches. Fühlst du dich bedroht, so ziehst du dich zurück. Nicht von ungefähr geht der konfliktscheue Krebs seitlich, so wie du, wenn mein Bruder Gibran vor dir auftaucht. Aber wenn es darauf ankommt, ist der Krebs sehr wehrhaft. Du bist bereit, dich meinetwegen kreuzigen zu lassen. Und wenn man deine Hilfe braucht, bist du ein großartiger Beschützer. Deshalb mag ich dich sehr. Dein Planet ist der Mond, und so wie er verändert sich deine Laune dauernd, und immer von jetzt auf gleich. Manchmal bist du so gesellig und trotzdem ausgeglichen, als wolltest du die Welt umarmen, um dich dann plötzlich nervös in dein Kämmerlein zurückzuziehen. Du machst dir Sorgen um die Welt und bist immer skeptisch, und an jeder Sache siehst du zuerst den Haken. Aber inzwischen stört mich das nicht mehr. Du bist dafür ein wunderbarer Zuhörer, und treuer als du ist niemand in unserem Viertel, auch deshalb mag ich dich. Du bist auch eifersüchtig, obwohl du bei mir keinen Grund dazu hast. Aber du kannst nichts dafür. Das ist typisch Krebs!«

Ich atmete insgeheim auf, weil das Positive überwog, doch nach einer kurzen Pause sagte Antoinette: »Was mich aber irritiert, sind andere Eigenschaften von dir, die nicht zum Krebs passen: deine Herrschsucht und dein Hass gegen Verräter sind typisch für einen Skorpion, deine scharfe Zunge und deine Sturheit hat sonst nur ein Widder, dein Charme und deine Großzügigkeit, aber auch dein plötzlicher Mut sind typisch Löwe, deine Exzentrik ist typisch für einen Wassermann. Wer läuft in Damaskus außer dir in schwarzen Kleidern herum? Meine Mutter findet dich geschmacklos, aber mutig. Sie hat recht. Deine Arroganz und dein Sarkasmus sind typisch Schütze. Mein Sternzeichen ist die Jungfrau, und wir hätten super zueinandergepasst, wenn du ein normaler Krebs wärst, aber irgendetwas stimmt mit deinem Sternzeichen nicht.«

Sie küsste mich und eilte nach Hause. Die ganze Nacht konnte ich nicht schlafen. Was war falsch mit meinem Sternzeichen oder meinem Geburtstag?

Am nächsten Tag fragte ich meine Mutter, ob mein eingetragenes Geburtsdatum wirklich stimmte.

»Ach woher!«, sagte sie und lachte. »Du bist Mitte März geboren, da standen die Aprikosen in voller Blüte. Das weiß ich, als wäre es gestern gewesen. An dem Tag nämlich besuchte mich meine Freundin Warde. Sie wollte sich bei mir über ihr bitteres Schicksal mit ihrem Mann ausweinen, der sie dauernd betrog, und da kamst du zur Welt, und sie vergaß ihren Kummer und half der Hebamme Sofia. Und dabei erzählte sie der weisen Frau flüsternd von der Untreue ihres Mannes, und diese gab ihr eine geheime Rezeptur, die jeden Mann gefügig macht, und von dem Augenblick an war ihr Mann nicht nur treu, sondern auch so brav, dass Warde manchmal Mitleid mit ihm hatte. Dennoch sagte sie bis zu ihrem Tod letztes Jahr immer wieder, dass mit deiner Geburt das Glück zu ihr zurückgekehrt sei. Erinnerst du dich daran, wie gerne sie dich geküsst und innig gedrückt hat?«

Ich erinnerte mich nur an die feuchten Lippen der Frau und dass sie mich immer fast erdrückt hat. »Also ist mein Sternzeichen Fische. Aber warum steht im Familienbuch dann das Datum 23.6.1946?«

»Das ist eine lange Geschichte, und dein Vater kann sie besser erzählen, weil er daran beteiligt war. Ich könnte mich totlachen, wenn ich daran denke, wie dieses Datum zustande kam.« Und sie fing zu lachen an.

Ich weiß es noch wie heute. Ich suchte meinen Vater auf. Er spielte im Café Backgammon. Ich wartete still bis zum Ende des letzten Spiels. Er hatte gewonnen und strahlte vor Glück. »Bevor du gekommen bist, hatte ich schlechte Würfe, aber dann …« Er stockte, weil ich ihn bis dahin noch nie im Café aufgesucht hatte. »Ist was passiert?«, fragte er.

»Nichts Besonderes, aber ich will wissen, wann ich geboren wurde und wie das offizielle Datum zustande kam. Mutter sagt, das sei lustig gewesen.«

»Im Rückblick erscheint so manches lustig. Aber wie dem auch sei, du bist Mitte April geboren. Die Aprikosen waren bereits reif. Es waren schwere Zeiten. Eine Woche lang hatte es immer wieder Schießereien zwischen den syrischen Nationalisten und den französischen Truppen gegeben. Zwei Tage nach deiner Geburt, am 15. April 1946, sollte Syrien unabhängig werden, aber die französischen Kolonialisten wollten Damaskus nicht verlassen. Erneut kam es zu Kämpfen. Ich stand an jenem Tag in meiner Bäckerei und hörte besorgt die Schüsse, als unser Nachbar Musa angerannt kam, um mir die schöne Botschaft zu bringen. Er teilte mir mit, dass du gesund zur Welt gekommen warst und dass auch deine Mutter wohlauf war. Allerdings war sein Gesicht leichenblass, und er fuhr fort zu erzählen, dass ein Muslim ihn gepackt und ihm ins Gesicht geschrien habe: ›Wir werden euch Ungläubige verbrennen, sobald die französischen Kreuzzügler das Land verlassen haben.‹

Musas Frau hatte das Wenige, das sie besaßen, in zwei Koffer gepackt und wartete nun auf ihn. Sie wollten in ihr Dorf in den Bergen zurück, wo sie sich sicher fühlten.

Die Franzosen trieben damals als erfahrene Kolonialisten Keile zwischen die Religionsgemeinschaften. Sie privilegierten die Minderheiten der Drusen, Aleviten, Juden und Christen, indem sie ihnen ein paar mehr Brösel von ihrem Tisch gönnten, um so das Rückgrat der muslimischen Mehrheit zu brechen. Meine Eltern waren urchristliche Aramäer und hatten weder unter osmanischer noch unter französischer Besatzung Vorteile. Meine Vorfahren waren mehr oder weniger erfolgreiche Handwerker, Händler, Bauern, ja sogar Räuber gewesen, aber niemals hatte einer von ihnen in den letzten siebenhundert Jahren ein Amt innegehabt.

Ich war entsetzt. Warum sollten wir für die Franzosen büßen? Hatten sie mir jemals etwas gegeben? Nichts, im Gegenteil. Ich hatte eine Schlägerei mit einem Soldaten gehabt, der betrunken eine Frau belästigte. Ich kannte die Frau nicht, aber das war Barbarei und eine Demütigung. Also trat ich ihm in den Schritt. Augenblicklich ließ er von der Frau ab, um mich zu packen, da fuhr meine Faust an seine linke Schläfe, und er lag auf dem Boden. Ich verschwand schneller als der Wind.

Aber zurück zu jenen Tagen im April 1946. Ich wollte nicht fliehen, doch ich sah mehrere meiner Kunden, die mich ebenfalls zur Flucht drängten.

Ich selbst hatte vor zu bleiben, aber dich, deine Mutter und deine zwei Brüder wollte ich unbedingt in Sicherheit bringen. Ich fuhr euch mit meinem kleinen Fiat nach Malula, zur Großmutter mütterlicherseits, denn deine Mutter und meine Mutter hatten einen Dauerkrieg.

Ich brachte euch wie gesagt in Sicherheit und kehrte in derselben Nacht nach Damaskus zurück. Das war meine Stadt gewesen, bevor die Franzosen und Osmanen und sogar die Araber einmarschiert waren. Meine Ururgroßväter, die Aramäer, hatten hier eine große Zivilisation aufgebaut. Ich musste mir nicht von irgendwelchen primitiven Halunken sagen lassen, dass ich ein Fremder war. Aber wie dem auch sei, die Zeit nach dem Abzug der Franzosen war friedlich, und die neue Regierung war eine vernünftige demokratische Regierung. Mitte September habe ich euch dann in die Stadt zurückgeholt. Das weiß ich, wie wenn es gestern gewesen wäre. Deine Großmutter hat, als ich ankam, gerade die Trauben geerntet. Also wart ihr insgesamt von Mitte April bis Mitte September in Malula.

Es war nun meine Pflicht, dich registrieren zu lassen. Ich nahm das Familienbuch und fuhr mit dem Bus zum Einwohnermeldeamt. Und wer sitzt neben mir? Azar, der Fischhändler. Kennst du ihn noch?«

Ich kannte ihn nicht.

»Und der erzählte mir, dass er eine saftige Strafe bezahlen musste, weil er seine drei Kinder noch nicht hatte registrieren lassen. Ich trat also – Gott sei Dank – gut vorbereitet vor den Beamten. Er war ein kleiner stämmiger Mann mit finsterem Blick und einem Mundgeruch, der Fliegen und Mücken auf dreißig Zentimeter Entfernung killen konnte.«

Ich lachte bei der Vorstellung. »Lach nicht«, mahnte mich mein Vater, »die Viecher lagen in einem Kreis vor ihm, wie mit dem Zirkel gezogen. Er fragte mich, wann du geboren wurdest. Eine Wolke umgab mich, und ich hätte mich beinahe erbrochen. Es stank penetrant nach Verwesung, Käsefüßen und Schweiß. Ich weiß nicht, warum die Leute so viele Millionen für die Atombombe ausgeben! Drei solcher Männer, und der Feind ergibt sich.

›Vor Kurzem‹, antwortete ich schlau.

›Was heißt *vor Kurzem*?! Vor einem Tag, einem Monat oder einem Jahr? Uffff‹, fragte der Beamte routiniert. Sein langgezogenes *Uffff* aber war alles andere als von der Stange.

›Vor ein paar Tagen‹, antwortete ich und zitterte, weil ich gehört hatte, dass manch ein Beamter das Baby zu sehen verlangte. Aber als ich darüber mit meinem Freund

Ali gesprochen hatte, dem Schlosser, der uns die Metalltür in der Bäckerei in Ordnung brachte, hatte mich dieser einfältige Bursche beruhigt. Ich bräuchte mir keine Sorgen zu machen, er könne mir Babys jeglichen Alters zum Vorführen bringen. Pro Baby bekämen die Mütter eine Lira als Leihgebühr. Aber das ist eine andere Geschichte. Wo war ich stehen geblieben?«

»Du hast dem Beamten gesagt, dass ich vor Kurzem …«

»Ja richtig. ›Das sagen doch alle‹, brummte der und blies mir dabei wieder sein Giftgas ins Gesicht, dass ich Zahnschmerzen bekam. Er nahm das Familienbuch in die Hand, in dem ein Zehn-Lira-Schein lag. Geschickt nestelte er das Geld heraus und ließ es in die halb offene Schublade segeln. Der Schein landete, als würde er sich bei dem Beamten auskennen, ganz elegant an seinem Platz. Der Mann lächelte und trug dein Geburtsdatum ein. Aber warum der 23. Juni?, wirst du fragen«, kam mein Vater der Frage zuvor, die mir schon auf der Zunge lag. »Es war Willkür, wie alles, was unsere Beamten tun. Ich wollte es nicht wissen. Ich suchte das Weite, um dem höllischen Gestank zu entkommen.«

In diesem Datum steckte somit der ganze Orient, nicht nur, dass man sogar mit Geburtsdaten handelte, sondern auch die Angst, die Lüge und die Willkür.

Nach der Darstellung meines Vaters war ich also im Sternzeichen Widder geboren.

»Bist du sicher, dass ich Mitte April zur Welt kam?«

»So sicher, wie ich bin, dass du mein Sohn bist. Aber du kannst deine Großmutter fragen. Sie hat so ein gutes Gedächtnis, dass sich die Kamele schämen.«

Meine Großmutter Tekla war damals gerade zu Besuch bei ihrer Lieblingstochter, meiner Tante Hanan. Sie wohnte nicht weit von uns. Aber immer wenn Großmutter nach Damaskus kam, besuchte sie erst Tante Hanan und dann, nach ein paar Tagen, kam sie mit leeren Händen zu uns oder zu Onkel Josef, dem Bruder meiner Mutter.

Sie kam also eines Tages von Tante Hanan zu uns zum Mittagessen. Ich setzte mich neben sie an den Esstisch.

Es gab ganz besonders gutes Essen. Meine Mutter war schon immer eine exzellente Köchin gewesen, aber ich hatte das Gefühl, sie habe sich an jenem Tag selbst übertroffen, um vor der eigenen Mutter ein wenig anzugeben.

Ich nutzte die Gelegenheit und fragte Großmutter, ob sie sich erinnere, wann ich geboren wurde.

»Und ob!«, rief diese. »Du bist am 15. September geboren worden, einen Tag nach dem Kreuzfest in Malula.«

Vaters Hand erstarrte auf dem Weg zu seinem Mund.

»Aber Mutter, was erzählst du da?«, fuhr meine Mutter die Großmutter an und nahm einen großen Löffel Reis zu den grünen Bohnen mit Lammfleisch, Zwiebeln, Knoblauch und Tomaten. »Immer wenn man dich nach irgendeinem Geburtsdatum fragt, nennst du den 15. September. Das war so bei Daniel, dem erstgeborenen Sohn unserer Nachbarin, meiner Freundin Warde, der zu Ostern geboren wurde, und sogar bei meiner Tochter Leila, die drei Tage nach Weihnachten zur Welt kam, hast du behauptet, sie sei am 15. September geboren.«

Ohne dass die Großmutter es merkte, machte meine Schwester Leila mir ein Zeichen, dass das Dachstübchen der alten Dame beschädigt sei: Sie verdrehte die Augen, ließ die Zunge aus einem Mundwinkel hängen und sah überzeugend idiotisch aus.

»Das ist so«, fuhr die Großmutter ihre Tochter hochnäsig an. »Was hast du gegen mein gutes Gedächtnis?«

»Nichts, Mutter, nichts, aber nicht alle später Geborenen müssen mit ihrem Geburtsdatum an den erstgeborenen Sohn deiner Lieblingstochter Hanan erinnern. Nur Milad, Mutter, nur Milad, dieser Nichtsnutz, wurde am

15. September geboren. Mein Sohn ist Mitte März geboren. Ich werde es ja wohl wissen. Und damit basta!«

Meine Mutter bebte vor Aufregung.

Mein Vater hatte sich, in weiser Voraussicht, mit dem Essen beeilt. Er starrte auf seinen Teller und wich meinem Blick aus.

»Ich weiß nicht, warum du so neidisch auf Hanan bist, aber das warst du seit ihrer Geburt.«

Meine Mutter reagierte nicht. Sie aß schweigsam. Meine Großmutter rührte ihr Essen nicht an.

»Lassen wir Geburtstage doch Geburtstage sein und essen wir, bitte«, forderte meine Mutter sie schließlich auf.

»Es schmeckt mir nicht«, log die Großmutter. Sie hatte noch nicht einmal den Löffel in die Hand genommen. Er lag glänzend neben der blanken Gabel.

Vater erhob sich. »Entschuldigt bitte meine Eile, heute müssen wir eine Hochzeitsfeier mit Brot beliefern, und zwei Arbeiter sind krank«, sagte er, nahm eine Banane vom großen Obstteller und eilte hinaus.

Als hätten Mutter und Tochter nur darauf gewartet, drehten sie auf. Ein heilloser Streit brach aus, in dessen Verlauf alles auf den Tisch kam, was die beiden trennte.

Im Gegensatz zur braven Tante Hanan hatte meine Mutter den Mann geheiratet, den sie liebte, und nicht den, den ihre Eltern für sie ausgewählt hatten. Mein Vater stammte, anders als sie selbst, aus einer sehr reichen Familie. Seine Mutter hasste meine Mutter bis zum Ende ihres Lebens, weil diese hübsche, aber bettelarme Frau ihren erstgeborenen Sohn verführt hatte, der daraufhin seine Cousine, der er versprochen war, vollkommen vergaß.

Statt stolz auf ihre Tochter zu sein, die einen wichtigen jungen Mann heiratete, nahm ihre Mutter es ihr komischerweise übel, als sei meine Mutter daran schuld, dass mein Vater von seinen Eltern enterbt wurde, weil er statt dem Wunsch seiner Eltern der Neigung seines Herzens gefolgt war.

»Nein, nicht deswegen«, sagte meine Mutter, wenn man sie auf diese seltsame Haltung ihrer Mutter ansprach, »sondern weil sie mir diesen mutigen, großzügigen und schönen Mann nicht gegönnt hat. Hanan, ihr Liebling, hat einen langweiligen Beamten geheiratet, den ich nicht einmal als Lappen in der Küche gebrauchen könnte.«

Großmutter stand empört auf und verließ unsere Wohnung, und es dauerte über drei Monate, bis sie sich mit meiner Mutter wieder versöhnt hatte. Ich schwor mir, sie nie wieder nach meinem Geburtstag zu fragen.

Aber was, wenn sie recht hatte?

Dann wäre mein Sternzeichen Jungfrau. Na gut, aber mein Vater hatte erwähnt, dass Onkel Josef, der Bruder meiner Mutter, da war, als uns mein Vater zu Großmutter nach Malula gebracht hat.

Onkel Josef stand meiner Mutter sehr nahe. Er blieb zum Ärger meiner Großmutter sein Leben lang Junggeselle. Er besuchte meine Tante, seine Schwester Hanan, nur wenn sie krank war, ansonsten konnte er sie nicht ertragen: »Sie ist mir zu betulich, und ihr Mann ist ein Trottel. Nach jedem Besuch brauche ich einen ganzen Tag, um meinen Kopf von seinem Müll zu reinigen. Und so viel Zeit habe ich nicht.«

Als ich ihm vom Streit zwischen Mutter und Großmutter erzählte, lachte er. »Deine Mutter hat recht. Hanan ist ihr Liebling. Wir beide haben darunter gelitten. Wir kamen uns vor, als wären wir die Haussklaven, und Hanan wäre eine Prinzessin. Dabei war sie immer hirnlos wie eine Gurke.«

Onkel Josef war bis in die Siebzigerjahre hinein ein bescheidener, aber zufriedener Bauer gewesen. Dann aber hatte er einen großen Fehler begangen, der ihn ruinierte. Er hatte nämlich auf die Regierung gehört und seine Obst-

und Gemüsegärten in eine baumlose Tabakfarm verwandelt. Im ersten Jahr zerstörte ein Virus seine Ernte und die seiner Nachbarn, im zweiten Jahr, als er sich auf die reichliche Ernte freute und hoffte, seine Schulden begleichen zu können, sackte der Preis für Tabak durch das Überangebot plötzlich ab, und er musste seine Felder verkaufen, um die Schulden und die hohen Zinsen zu bezahlen. Er war gezwungen, nach Damaskus umzusiedeln, und wurde Pförtner bei einer staatlichen Fabrik, die Brot und süßes Gebäck produzierte. Er verdiente etwa 150 Lira im Monat und bestimmt doppelt so viel an Bestechungsgeldern dafür, dass er bei der Kontrolle an der Tür die kleinen Diebe mit ihrem Raubgut passieren ließ. Die großen Diebe dürfe er nicht kontrollieren, sagte er immer voller Sarkasmus.

»Und wann bin ich nun geboren?«, fragte ich ihn. »Wann hat uns Vater nach Malula gebracht? Meine Eltern waren sich einig, dass ich gerade eine Woche alt war.«

»Das war am Pfingstmontag, dem 10. Juni. Ich weiß es deshalb, weil wir am Pfingstsonntag damals lange bei meinem Freund Ilija gefeiert haben. Ich war gerade fünfundzwanzig Jahre alt und total verliebt in seine Schwester Hanne, die leider kurz darauf mit nicht einmal zwanzig an Blutkrebs starb.

Meine Mutter weckte mich unsanft und befahl mir, den Koffer deiner Eltern hinaufzutragen, da sie ein Zimmer im ersten Stock unseres Hauses bekommen sollten. Du warst, wie ich von deiner Mutter erfuhr, gerade eine Woche alt. Also bist du Anfang Juni geboren.«

Onkel Josef holte einen Karton herbei und kramte ein Schwarz-Weiß-Foto daraus hervor. Man sah meinen Vater, meine Mutter und auf ihrem Arm ein Baby vor dem Fiat 500, den mein Vater damals besaß. Die Hausmauer im Hintergrund ließ keine Rückschlüsse auf die Jahreszeit zu.

Auf der Rückseite stand nur »1946«.

»Ja, es steht nicht genau drauf«, versuchte Onkel Josef meinen Zweifel zu vertreiben, aber man sieht es den Kleidern an, dass es warm war. Also bist du im Zeichen der Zwillinge geboren, und das passt zu deinem Charakter.«

Doch das konnte mich nicht überzeugen. Anhand der Kleider kann man den Monat nicht identifizieren. In Syrien ist es ab März und bis Oktober fast immer warm.

»Was für ein Charakter?«, fragte ich.

»Du bist kontaktfreudig, interessiert und vielseitig«, sagte Onkel Josef und zögerte ein wenig. »Aber«, fügte er dann hinzu, »du bist manchmal altklug, sprunghaft und vor allem wie deine Mutter, meine geliebte Schwester, aufsässig.«

Als ich nach Hause zurückkehrte, traf ich Antoinette auf der Gasse. »Bei welchem Sternzeichen bist du inzwischen?«, fragte sie, und ihre Stimme triefte vor Häme.

»Keine Ahnung. Vielleicht ist mein Sternzeichen der Regenbogen, von jedem Sternzeichen eine Farbe.«

»Das gibt es nur in deiner Fantasie«, sagte sie kalt. Sie hatte recht. Dieser Satz war mir gerade auf dem Weg eingefallen.

»Dann ist mein Sternzeichen der Pechvogel«, antwortete ich trotzig und ein wenig Mitleid heischend.

»Das gibt es nicht«, erwiderte sie pikiert. Und zum ersten Mal erzählte sie mir vom Goldschmied Nabil, der mit seiner Mutter zu ihnen zu Besuch gekommen sei. Seine Mutter sei eine gern gesehene Kundin ihrer Mutter, da sie großzügig bezahle.

Ich hatte das Gefühl, als wollte sie mich beschwichtigen.

Eine Woche später kam Nabil, diesmal alleine, und bald sah ich beide in ein Taxi einsteigen. Antoinette war geschminkt und übertrieben elegant angezogen. Mit ihren hochhackigen roten Schuhen sah sie fast zehn Jahre älter aus.

Am nächsten Tag beruhigte sie mich, Nabil habe auch ihre Mutter eingeladen, die sie aber nicht habe begleiten können. Nabil sei sehr charmant und zurückhaltend, erzählte sie weiter. Und dann kam der Hammer: Er sei eindeutig Krebs.

»Was für ein Pechvogel bin ich!«, flüsterte ich in mein Kissen, bevor ich in jener Nacht nach langem Herumwälzen erschöpft einschlief.

Am nächsten Morgen schlenderte ich nach dem Frühstück zum kleinen Imbiss am Ende unserer Gasse. Dort konnte man für zehn Piaster Tee trinken und, war man hungrig, ein exzellentes Falafel-Sandwich für nur fünfundzwanzig Piaster genießen. Vor allem mochte ich Onkel Amin, weil er ein weiser Mann war. Er war der Erste, der mir prophezeite, dass ich ein Erzähler werden würde, weshalb ich so bald wie möglich abhauen und im Ausland mein Glück suchen solle. »Hier wirst du, wie ich, zehn Jahre im Knast sitzen, die Barbarei ertragen und am Ende Falafel verkaufen.«

Onkel Amin hatte in London Philosophie studiert und eine gute Stelle an der Uni angeboten bekommen, aber er wollte zurückkehren und die Heimat aufbauen. Er hatte davon geträumt, Syrien so demokratisch zu sehen wie Großbritannien. Am Anfang ging alles gut. Er hielt Vorlesungen über Hegel, Feuerbach, Marx, Kierkegaard und Sartre. Das war erlaubt, denn weder Marx noch Lenin noch Sartre hatten sich je mit der Herrschaft der Sippe in Syrien beschäftigt.

Als Amin aber drei Jahre später in einem Lokal sagte, die Araber würden, solange die Sippe herrschte, nie etwas zur Zivilisation beitragen, verschwand er. Zehn bittere Jahre dauerte sein Martyrium an, zehn Jahre in der Hölle, die dem Teufel die Schamesröte ins Gesicht treiben würde. Als er verrückt wurde, warf man ihn am Rande der Wüste aus einem fahrenden Auto. Beduinen nahmen ihn aus Mitleid auf und pflegten ihn monatelang, bis er wieder sprechen konnte. »Ich will nach Damaskus«, waren seine ersten Worte. Die armen Beduinen gaben ihm Kleider und Proviant und brachten ihn zur Bushaltestelle in einer kleinen Stadt. Er kam in Damaskus an. Seine Eltern waren inzwischen gestorben. Seine Schwester nahm ihn liebevoll auf, und mit der Unterstützung des Schwagers konnte er diesen Imbiss eröffnen und davon leben. Es gab bei ihm nur Hummos, Falafel und Tee. Und alles war so gut, dass die Nachbarschaft bei ihm einkaufen wollte, unabhängig von jedwedem Mitleid.

Ich mochte ihn, weil er witzig und selbstironisch war, ganz anders als die eitlen Männer in unserem Viertel, die eine scharfe Zunge haben, aber immer nur gegen die anderen lästern. Aber am meisten schätzte ich ihn, weil er im Herzen jung geblieben war.

»Was haben wir für Kummer?«, fragte er, als er mein müdes Gesicht sah, und stellte mir ein dampfendes, exzellent duftendes Glas Tee hin.

»Ich bin ein Pechvogel. Alle Leute wissen, wann sie geboren wurden, nur ich nicht. Das macht mich so wütend, verstehst du?« Meine Frage kam mir unpassend vor, denn ein sensibler Mensch wie Onkel Amin konnte so einiges verstehen.

»Nein, ich verstehe deinen Ärger nicht. Warum in aller Welt willst du deinen Geburtstag wissen? Sei doch vernünftig! Wenn man seinen Geburtstag kennt, wird man nur älter. Wenn wir aber das Datum nicht wissen, sind wir je nach Stimmung im einen Augenblick alt und im anderen jung. Schau mich an! Sehe ich wie ein Sechzigjähriger aus? Nein! Und warum? Weil ich heute Morgen einen Besuch bekommen habe, der mein Herz erfrischt hat und mir das Gefühl gab, ein Zwanzigjähriger zu sein. Du musst wissen, ich habe Maria schon als Jugendlicher begehrt. Als ich aber aus London zurückkam, war sie bereits glücklich verheiratet. Vor fünf Jahren starb ihr Mann. Ich versuchte sie zu trösten, da ich sie immer noch begehrte, aber sie blieb verschlossen. Heute Morgen um sieben kam sie, um mir zu sagen, dass sie mich immer schon geliebt habe, dass sie aber nicht auf meine Annäherungsversuche reagieren wollte, weil sie Angst hatte, dass ich noch einmal im Gefängnis lande und sie dann noch einmal bitter trauern muss, so wie sie die letzten Jahre um ihren lieben Mann getrauert hat. Jetzt aber war ihre Liebe so groß geworden, dass sie ihre Angst weggefegt hat.

Und? Wäre ich sechzig, hätte ich kapituliert vor diesem Abenteuer und ihr womöglich gesagt, dass ich zu alt für eine leidenschaftliche Liebe bin. Aber nichts davon ist wahr. Ich fühle mich wie zwanzig, und heute Nacht wird Maria das spüren. Oh Gott, lass den Tag schneller vergehen, ich sterbe vor Sehnsucht nach ihr.

Geburtstag, Geburtstag! Wie leichtfertig zu glauben, dass unsere Geburt unser Leben beeinflusst. Wenn etwas uns und unser Leben gestaltet, so ist es der Tod und nicht die Geburt, mein Junge. Ohne Tod wäre die Menschheit ganz anders geworden. Unsere Kultur ist überhaupt nur möglich geworden durch den Tod und die Beschäftigung mit ihm. Er, und nicht die Geburt, mahnt uns, so vollkommen zu sein wie er selbst. Kämpfe, mein Junge, dass dich jemand liebt, und lass nicht die Sterne entscheiden, ob du der Geeignete bist. Nur in den Herzen der Liebenden wird man unsterblich.

Der Geburtstag ist der erste Schritt zum Tod. Schade nur, dass wir Menschen die Weisheit des Lebens nicht erben. Den Tieren hingegen ist alles Notwendige für ihr Leben bereits bei der Geburt eigen. Heute würde ich mit all dem Gelernten gerne noch einmal neu anfangen, aber das geht nicht. Vielleicht liegt die Weisheit darin verborgen, dass wir jeden Augenblick so intensiv leben sollten, als wäre er der letzte.

Vergiss das mit dem Sternzeichen. Das hat mir in London überhaupt nicht gefallen. Die Briten wissen nicht nur den Tag, sondern die Stunde und Minute ihrer Geburt so genau, als wären sie am Bahnhof geboren. Sie wissen sogar ihr Geburtsgewicht aufs Gramm genau, als hätte ein Metzger sie gewogen.

Hör auf mich, mein Junge, wenn du Antoinette liebst, lass locker, du kannst sie lieben, ohne sie zu besitzen, so wie du die Schwalben, die kühle Brise im Sommer und den Duft der Jasminblüten liebst. Es fällt mir schwer, dir das zu sagen, wo alle Welt weiß, wie sehr du sie liebst. Aber du kannst dich noch retten, wenn du lernst, sie zu lieben, ohne dass sie dafür mit dir leben muss …«

Ich konnte seinen Ratschlag nicht befolgen. Ich trauerte umso mehr, je fester ihre Beziehung zu diesem verfluchten echten Krebs Nabil wurde. Ich muss aber gerechterweise sagen, sie blieb sehr nett zu mir und versicherte mir unter Tränen, dass sie mich für immer ins Herz geschlossen habe, dass sie aber nun aus Sicherheit den Goldschmied heiraten würde.

Mir kam ihre Rede wie ein auswendig gelerntes Zitat aus den kitschigen ägyptischen Filmen vor. Zu ihrer Hochzeit wollte ich meine Mutter nicht begleiten. Und bald danach verschwand sie ohnehin.

Es vergingen Jahre, in denen ich hoffte, dass Antoinette erkennen würde, was für ein mieser Mann Nabil war, und dass sie irgendwann in unserer Gasse auftauchen und sich mit zerwühlten Haaren und einem blauen Auge weinend in meine Arme werfen würde. Das wiederum war nichts anderes als der Kitsch aus indischen Filmen. Antoinette lebte vergnügt mit ihrem Mann in Aleppo, und bald war sie die erste Frau, die den Führerschein besaß. Sie schenkte ihrem Mann zwei süße Kinder und hielt, wenn sie nach Damaskus kam, freundlichen, aber distanzierten Kontakt zu mir. Mein Neidhammel wuchs und wuchs, bis er Stiergröße erreicht hatte, da merkte ich, dass Amin recht hatte. Neid schadet mir, dem Neider, mehr als Antoinette, der Beneideten.

Ich stand auf, machte mich schick und sah zu den Schwalben am blauen Himmel über Damaskus hinauf. »Ich wünsche dir alles Glück der Erde«, flüsterte ich. Mein Neidhammel brüllte vor Schmerz, aber bald darauf lag er tot da.

»Du bist aber heute besonders gut gelaunt«, sagte der erfahrene Amin, als ich seinen Imbiss betrat.

»Ich habe meinen Neidhammel geschlachtet.«

Amin lachte. »Gut, dann schenke ich dir den Tee heute, obwohl du mich nicht zum Grillfest eingeladen hast.«

Zwanzig Jahre später, an einem lauen Sommerabend in Heidelberg, sagte mir ein Bekannter, der meinen Geburtstag von meiner damaligen Freundin erfahren hatte: »Bei dir ist es klar. Du bist typisch Krebs, keine Frage!« Er hatte sich seit Jahren mit Horoskopen beschäftigt.

Wir saßen in einer Bar in der Unteren Straße.

Ich lächelte ihn nur an, stand auf und ging.

Salmas Plan

Oder ein Geburtstagsfest mit Nebenwirkungen

Salma war entschlossen: entweder jetzt oder nie! Das Geburtstagsfest, dachte sie, war der beste Augenblick, um den Tod ihrer Beziehung zu verkünden. Irgendwann reichte es. Habib war ein mieser Verräter. Die Affäre mit Viktoria ging nun schon seit drei Jahren. Zwanzig Jahre war Salma mittlerweile an seiner Seite in der deutschen Fremde, und dann das! Er ließ sich von ihrer Cousine Viktoria ködern. Eine dumme Pute, mit achtzehn hatte sie den dreißig Jahre älteren Fritz, einen Orientalisten, bei dessen Forschungsaufenthalt in Damaskus verführt, eine Schwangerschaft vorgetäuscht und ihn zur Ehe gezwungen. Damit gelangte sie nach Deutschland, wo sie dem Trottel so viele Hörner aufsetzte, dass er damit Handel treiben könnte. Und nun hatte sie Habib zwischen den Beinen, und seitdem war er ihr Sklave.

Am Anfang hatte er die Affäre verheimlicht, aber inzwischen war er so hemmungslos, dass er auch noch beim Frühstück von Viktorias Klugheit, ihrem Humor und ihrem Geschmack schwärmte. Wie dumm und wie rücksichtslos!

Zugegeben, dachte Salma, Viktoria ist fünfzehn Jahre jünger als ich. Sie hatte bereits mit achtzehn eine erotische Ausstrahlung wie eine Nachtlokaltänzerin gehabt, was eine normalsterbliche Ehefrau nie erreichte.

Warum aber diese primitive Reduzierung einer Frau auf ihre Rundungen, die von irgendeinem männlichen Idioten zum Maßstab für Schönheit erhoben wurden. Viktoria hatte ihre schöne orientalische Nase gegen eine Hollywood-Stupsnase eingetauscht und die Brüste mit

Silikon vollgepumpt. Was für Deppen sind die Männer, dass sie in Sand greifen und ihn für weibliche Schönheit halten!, dachte Salma.

Es sind Männer, die muslimische Frauen mit so viel Stoff umwickeln, dass man nicht weiß, was für eine Frau darin wohnt und was sie denkt und fühlt ...

Und es sind Männer, die europäischen Frauen nahelegen, sie müssten sich so mit Schminke zukleistern oder gar operieren lassen, bis man nicht mehr weiß, wie diese Frau in Wirklichkeit aussieht, fühlt und denkt.

Salma hatte in Damaskus Chemie studiert und als Lehrerin gearbeitet und fand kurz nach ihrer Ankunft in Deutschland eine Stelle als Chemielaborantin, für die sie deutlich überqualifiziert war. Ihr Deutsch war gut, aber nicht gut genug, um unterrichten zu können.

Habib, ihr Mann, war Arzt, aber er hatte es all die Jahre nicht fertiggebracht, sich selbstständig zu machen. Ihm fehlte jede Spur von Ehrgeiz. Er schob seit zwanzig Jahren eine ruhige Kugel als Stationsarzt und sprach so schlecht Deutsch wie nach dem Deutschkurs im ersten Jahr in Mannheim. Er mogelte sich mit Sprüchen im Mannheimer Dialekt durch und gefiel damit sich und den Patienten. Mit der Zeit merkte Salma, dass er nur zehn Sprüche auf Lager hatte, die er stets wiederholte. »Dem is was iwwers Newwele gekrawwelt« oder »Horsche mol, was isch da schun die gonz Zeit saage wollt«.

Er konnte keine Sprache gut, nicht einmal Arabisch, weil er schlecht zuhörte.

Und nun wollte er – wie die Deutschen – seinen sechzigsten Geburtstag feiern. Früher feierte man in Syrien nie Geburtstag. Heute ahmt die junge Generation die Europäer nach. Die Kolonialherren sind vor einem halben Jahrhundert abgezogen, aber im Kopf sind wir nach wie vor kolonialisiert, dachte Salma.

Wie die Deutschen hatte Habib keine Hemmungen mehr, seine Geliebte samt Ehemann zum Fest einzuladen. Deshalb entschloss sich Salma, ihm seine Geschmacklosigkeit vor allen Leuten an den Kopf zu knallen. Der Koffer mit den wichtigsten Sachen und Papieren stand bereits in der Pension, wo sie ein Zimmer mit Bad angemietet hatte. Nach dem Fest wollte sie nicht mehr mit ihm nach Hause zurückkehren, sondern direkt in die Pension fahren und später in aller Ruhe eine Wohnung suchen und die Scheidung einreichen.

»Aber du bist sechzig«, mahnte ihre beste Freundin Claudia sie.

»Ja, und?«, erwiderte Salma. »Wenn ich sehe, wie ausgeglichen du ohne Ehemann lebst, dann gibt mir das Mut, und ich sage dir ganz ehrlich, auch mit siebzig würde ich nicht aufgeben und lieber neu anfangen.«

Salma konnte und wollte ihrer Freundin nicht beschreiben, wie tief die Wunde war, die Habib ihr mit seiner kaltschnäuzigen Untreue zugefügt hatte. Aber auch Claudia verriet nicht, wie tief die Verletzung war, die ihr Mann Klaus ihr durch seine Trennung und die Weigerung, darüber zu sprechen, geschlagen hatte. Es gibt Geschichten und Erlebnisse, die sich weder verkürzt noch in voller Länge erzählen lassen.

***

Habib und ich waren jung und verliebt damals. Außerdem waren wir beide glücklich mit unseren Berufen, obwohl wir in Damaskus sehr wenig verdienten.

Habib allerdings war immer schon wie ein Stier. Er hieb alles kurz und klein, was seinen Wünschen im Wege stand. Die Reparaturen überließ er dann mir. Am Anfang hielt ich ihn für mutig, aber das ist er nicht. Habib ist einfach egoistisch. Er und nur er existiert auf dieser Welt. Sein Wille geschehe … Ich glaube nicht, dass man einen Egoisten auf Dauer lieben kann. Man kann ihm als Sklave dienen, man kann die Liebe zu ihm heucheln, man kann ihn verachten und betrügen, lieben aber kann man ihn nicht.

Heute ist unsere Liebe nur noch eine Erinnerung an eine schöne Tote. Im Grunde erstarb sie Stück für Stück wie ein von Wundbrand befallener Körper. Das erste Stück erstarb, als ich ihm kein Kind schenken konnte. Wir waren noch in Syrien. Es hieß, es läge eindeutig an mir. Sein Cousin war damals schon Chefarzt der Frauenklinik in Damaskus. Er hatte in Frankreich mehrere Preise für medizinische Neuerungen bekommen. Er selbst führte die Untersuchung durch. Die Diagnose wird mich begleiten, solange ich lebe. Sie ist der Beweis dafür, dass die Sippe bei den Arabern viel mächtiger ist als Wissenschaft, Vernunft und Gewissen. Das Ergebnis teilte mir Habibs Cousin persönlich mit. Es war für mich ein Schlag ins Gesicht. Ich bot Habib die Trennung an, aber er wollte nicht. Ich liebte ihn sehr für seine edle Haltung, doch von diesem Moment an sah ich den Vorwurf in seinen Augen. Dass er gerne sechs Kinder hätte wie sein Bruder, wie er immer wieder andeutete, musste ich lernen zu überhören. Seine Mutter nörgelte und jammerte. Gott sei Dank lebte sie in einem Dorf im Norden und kam uns nur etwa einmal im Jahr in Damaskus besuchen. Aber wenn sie da war, wurde Habib ihr Untertan und beklagte sein Schicksal, kinderlos zu leben, das ihn ereilt hatte. Ich fühlte in solchen Augenblicken eine bittere Einsamkeit: Er ließ mich im Stich und verschmolz mit seiner Mutter. Aber meine Schuldgefühle waren stärker als meine Abneigung ihm gegenüber. Wäre ich damals mutig gewesen, hätte mein Leben einen ganz anderen Weg genommen.

Wir wanderten nach Deutschland aus, weil ein Freund von Habib eine gut bezahlte Stelle für ihn fand. Ich wollte nicht. Ich war sehr zufrieden damit, an einem Mädchengymnasium Chemie zu unterrichten. Ich liebte meine Schülerinnen, und sie erwiderten die Liebe mit Fleiß und Selbstdisziplin. Zehn von zweiundzwanzig Mädchen studierten später naturwissenschaftliche Fächer. Ich vermisse diese Zeit bis heute.

Habib stellte mich vor die Alternative, entweder auszuwandern oder der Scheidung zuzustimmen. Die Stelle in Deutschland war ihm wichtiger als meine Liebe. Das hat mich schockiert. Liebe macht Menschen mutig, mich machte sie feige. Er halte es in Damaskus nicht mehr aus. Warum? Er konnte es mir nie erklären. Auf einmal wurde meine geliebte Stadt Damaskus ein hässliches Monster, das ihn aufzufressen drohte.

Ich musste meine Freundinnen, meine Schule, meine Mutter und meine Schwester Huda verlassen, die nach dem Tod des Vaters zu unserer Mutter gezogen war, um ihr zu helfen. Auch sie machte mir Vorwürfe, weil ich sie mit der halb gelähmten Mutter alleinließ. Aber ich wollte Habib nicht verlieren. In einer dunklen Ecke meines Herzens jedoch nahm ich es ihm übel, dass er aus purem Egoismus mein Leben erschwerte.

Und dann in Deutschland die Überraschung: Es stellte sich heraus, dass die Untersuchung in Damaskus gefälscht gewesen war. Nun hieß es, unsere Kinderlosigkeit liege mit absoluter Sicherheit an Habib. Seine Samenzellen seien fast tot. Eine Mumpserkrankung in seiner Kindheit sei die Ursache! Er verheimlichte mir, wie ich später herausfand, vier ähnliche Diagnosen anderer Ärzte. Auf einmal waren ihm Kinder völlig egal. Da wurde er in meinen Augen klein. Und ein Stück der Liebe bröckelte ab. Ich schrieb einen bitterbösen Brief an seinen Cousin. Ein paar Tage später kam Habib nach Hause. Er war außer sich vor Zorn. Sein Cousin habe ihn angerufen, ich hätte ihn einen ehrlosen Verbrecher und einen primitiven Sklaven der Sippe genannt. Er ohrfeigte mich. Und ein weiteres Stück bröselte vom Obdach der Liebe ab.

***

Sie wollte kein Fest feiern. »Du bist doch gar nicht sechzig«, sagte sie hilflos, als würde sie mit dieser läppischen Feststellung den Plan ihres Mannes aufhalten können. Er war fast fünfundsechzig. Genau wusste er es nicht. Sein Vater hatte, wie viele Bauern damals, den Sohn erst mit fünf angemeldet, weil er sichergehen wollte, dass der Junge überlebte. Der Todesengel raubte damals beinahe der Hälfte der Kinder noch vor ihrem dritten Jahr das Leben. Die Gebühren und der Aufwand der Eintragung waren den Bauern lästig. Außerdem wollte der Vater den Militärdienst seines Erstgeborenen so weit wie möglich hinausschieben. Bauern fühlten sich der verhassten Zentralmacht, die sie seit Jahrhunderten gedemütigt und ausgeraubt hatte, nicht verpflichtet.

Es wirkte einigermaßen lächerlich, dass viele Schüler damals offiziell vierzehn oder fünfzehn Jahre alt waren, als sie Abitur machten und bereits Schnurrbart trugen.

Nein, Habib wusste nicht einmal das Jahr, geschweige denn seinen richtigen Geburtstag. Er bestand aber auf dem Fest, weil sein Chef und seine Kollegen drängten. Er wollte in einem Saal der Gemeinde feiern. Sie solle sich nicht anstellen, ein syrischer Wirt würde das Catering übernehmen und zwanzig leckere syrische Spezialitäten servieren: Tabbuleh, Kebbeh, Safiha, gefüllte Weinblätter, Hummos, Mutabbal, Falafel usw.

In der Tat war der Saal perfekt dekoriert. Die Tische für über zwanzig Leute wurden hufeisenförmig angeordnet. Salma betrachtete all das Feierliche mit einem Blick des

Abschieds. Rosen schmückten die Mittellinie der Tische. Rosen begleiten auch Särge, dachte sie.

In der Mitte des Tisches, der die beiden Seiten des Hufeisens miteinander verband, stand auf einer Tischkarte sein Name geschrieben, links von ihm sah die Tischordnung Salma vor und rechts von ihm Viktoria.

»Hast du das so geplant?«

»Nein«, erwiderte er trocken und unterhielt sich weiter mit dem Koch über die Reihenfolge der Gänge sowie über die Getränke und die Musik. Im Geiste schritt Salma den Weg ab, den sie bei ihrem Abschied nehmen wollte, damit sie in der Aufregung des Augenblicks nicht lächerlich verwirrt wirkte. Sie würde aufstehen, ihn und seine Geliebte Viktoria beschimpfen und den Saal durch die linke Tür verlassen. Ihr Auto hatte sie am Vormittag in der Nähe geparkt.

***

Ist es nicht merkwürdig, dass Menschen plötzlich hässlich erscheinen können? Die Männer, die zur Feier kamen, sahen aus wie heruntergekommene, schlecht verkleidete Gauner aus einem amerikanischen Billigkrimi, die Frauen waren wahnsinnig geschminkt und wirkten gekünstelt fröhlich, passten aber zu den Männern. Nur Viktoria sah jung und schön aus. Fast majestätisch schritt sie an der Seite ihres mumienhaften Ehemannes in den Saal.

»Man kann es kaum glauben, dass Ihr Mann siebzig ist«, scherzte der alte Trottel Fritz. Er selbst war über fünfundsiebzig.

»Er ist sechzig, aber vitaler, als Sie denken«, sagte ich bedeutungsvoll und fixierte Viktoria mit dem Blick der Wissenden. *Sie können Ihre Frau fragen*, hätte ich am liebsten hinzugefügt.

Die anderen Gäste reichten mir schlaff die Hand und nahmen lärmend an den geschmückten Tischen Platz.

Es wurde mit einer Gier getrunken und gegessen, als wären die Gäste durstig und ausgehungert aus der Sahelzone gekommen. Und immer wieder erklang »Happy Birthday to you«, nur dass die Zungen immer mehr lallten. Denn was da alles durcheinandergetrunken wurde, hätte der Trinkfesteste nicht vertragen: Sekt, Rotwein, Weißwein, Cognac, Whiskey, Bier, Schnaps und Wodka.

Ich hatte keinen Tropfen Alkohol zu mir genommen und lauerte auf einen stillen Augenblick. Wenn schon Rache, dann richtig. Plötzlich sah ich aus dem Augenwinkel Habibs Hand zwischen Viktorias Beinen. Sie tat so, als wäre sie aus Eis. Er rieb heftiger und tiefer, sodass seine rechte Schulter fast die Tischdecke berührte. Angewidert wandte ich mich ab.

Irgendwann erhob sich Habib und schlug mit einer Gabel gegen sein leeres Sektglas. Ruhe trat ein. Er rückte seine Halbbrille zurecht, die ich hasse, zog zwei Seiten Papier aus der Jackentasche, entfaltete sie und grinste unsicher.

»Meine lieben Freundinnen und Freunde, Nachbarinnen und Nachbarn, Kolleginnen und Kollegen. Ich bin kein besonders guter Redner, deshalb habe ich alles notiert.«

Ich wusste, dass er log. Irgendjemand musste ihm bei der Formulierung dieser Rede geholfen haben. Mit mir hatte er nichts besprochen, mich nicht einmal erwähnt, als wäre ich nicht da!

»Ich möchte meinen Geburtstag nutzen, um mir und euch, meinen Freunden, endlich einmal reinen Wein einzuschenken und euch deutlich meine Meinung zu sagen. Deshalb habe ich etwas getrunken, um mir Mut zu machen.«

»Bravo!«, riefen mehrere.

»Da bin ich aber gespannt«, sagte sein Chef.

»Ich will ehrlich sein, koste es, was es wolle. Aber bevor ich anfange, möchte ich euch versichern, dass ich euch alle liebe, sonst hätte ich euch nicht eingeladen. Fangen wir mit meinem Chef an. Professor Doktor Gerhard Weber ist ein exzellenter Orthopäde und ein Experte in seinem Fachgebiet, aber er ist ein Mann mit einem übertriebenen Hang zur Diplomatie. Wenn er mit dir redet, weißt du lange nicht, worauf er hinauswill, und plötzlich hat er dir unbemerkt fünf Aufgaben aufgebrummt, und du sitzt in der Falle. Vielleicht müssen Chefs so sein. Wir lieben dich auf jeden Fall alle, Gerhard, du bist ein Tyrann, und wir sind deine zufriedenen Sklaven.«

Jubel erhob sich, und der Chefarzt winkte jovial mit vom Wein glasigen Augen.

»Und du, Alfred«, wandte sich Habib seinem Oberarzt zu, »bist der beste Organisator der Klinik. Du organisierst alles für uns und überwachst die Durchführung wie ein fürsorglicher Freund. Aber Nicole ist zu brav für deine Gelüste. Oft schon habe ich mich, wenn du den jungen Männern sehnsüchtig hinterherschautest, gefragt, ob du nicht heimlich ein Schwuler bist, aber ein anständiger Kollege bist du – und ein wunderbarer Freund.«

Der Hieb saß. Alle, auch Nicole, wussten, dass Alfred homosexuell war. Aber jeder verschwieg es. Habib hat sich einmal, betrunken, darüber lustig gemacht und mir erzählt, dass man Alfred samstags in der *Rose-Bar* oder in der Sauna *Badehaus Babylon* treffen konnte. Dort verzichtete er auf seine starke Brille und sah wirklich verwegen schön aus.

Spottend und lobend ließ sich Habib über einen Kollegen nach dem anderen, über Nachbarinnen und Nachbarn aus. Ich fand seine Rede bis auf die Sticheleien anbiedernd. Schon im Voraus wusste ich, dass er auf Thorstens Geiz oder dessen närrische Vorliebe für teure Schlitten zu sprechen kommen würde, und Habib enttäuschte mich nicht, er schonte den Kerl nicht. »Und Thorsten, der beste Automechaniker im Lande, wäre ein neuer Schumi, wenn er einen Ferrari sein eigen nennen könnte. Ich bin sicher, bei seiner Sparsamkeit ist es bald so weit …«, rief Habib. Alle, die Thorsten kannten, lachten.

Ich hörte nicht mehr zu. Es war in der Tat eine Lobeshymne billigster Art, garniert mit primitivsten Seitenhieben auf alle Gäste. Manche freuten sich, andere schauten enttäuscht aus der Wäsche. Am Ende steckte Habib die Rede in die Tasche und hob sein Glas. Die Gäste klatschten, und ein paar jubelten ihm euphorisch zu. Ich sah von meinem Platz aus, wie Viktoria ihn verliebt und unterwürfig anschaute. Habibs Eitelkeit war befriedigt. Er konnte nicht ahnen, dass ihm sein leichtfertig dahingesagter Satz »Ich will ehrlich sein« zum Verhängnis werden sollte.

***

Professor Gerhard Weber war vielleicht fünfzig, aber er war zu früh ergraut. Sein Körper neigte zur Fülle, und seine Stimme hatte etwas Eunuchenhaftes.

»Lieber Habib«, sagte er, räusperte sich und rückte seine Krawatte zurecht, »ich bin ebenfalls kein guter Redner, aber ich möchte dir zum Geburtstag gratulieren und dir einen Umschlag mit einem Gutschein für zwei Personen über einen einwöchigen Aufenthalt in einem Wellnesshotel überreichen. Ich hoffe, du kannst dich mit deiner Lebenspartnerin dort erholen, da du ja nun einen neuen Lebensabschnitt vor dir hast.«

»Neuer Lebensabschnitt?«, rief Oberarzt Alfred empört, und eine bleierne Stille legte sich plötzlich auf die Anwesenden. Sie wurden zu Gipsfiguren. Betrunken stand der Mann auf, hielt sich an der Tischkante fest. Durch seine dicke Brille hindurch sah er den Chefarzt an. »Warum, lieber Gerhard, sagst du dem armen Schwein nicht die Wahrheit? Ihm ist gekündigt worden, angeblich wegen Sparmaßnahmen, nachdem … nachdem unsere Klinik vor einem Monat … privatisiert wurde. Das hat man davon … wenn man sich auf die … die faule Haut legt. Habe ich dich nicht gewarnt, Habib?«

»Ich bin entlassen?«, flüsterte Habib fassungslos.

»Mich haben die Schweine … auch rausgeschmissen«, setzte Alfred seine Rede fort. »Angeblich, weil ich Alkohol am Arbeitsplatz getrunken habe.«

Ein Gemurmel erhob sich.

»Das ist noch gar nicht spruchreif«, erwiderte der Chefarzt. »Es sind nur Überlegungen, aber beschlossen wurde noch nichts. Also, Alfred, rede keinen Unsinn! Du bist betrunken!«

»Willst du ihn etwa auch hier kontrollieren?«, rief Nicole, Alfreds Frau, dazwischen und schlug mit der Faust auf den Tisch. »Wir sind auf einem Fest.« Seit sie von der möglichen Entlassung ihres Mannes gehört hatte, schimpfte sie auf die Klinik und deren Chef.

»Ich muss sagen«, rief Ali, der Nachbar von Salma und Habib, »wenn Habib entlassen wird, muss er nicht verhungern. Er kann Vertretungen machen, zumal wir nun Hunderttausende von Syrern im Land haben, die kein Wort Deutsch können … und auch so wird er mit seiner Rente auskommen. Dann kann er endlich seinen Garten in Ordnung bringen. Dieser alte Italiener, der Mann eurer Haushälterin, geht einmal im Monat wie ein Schlafwandler mit dem Rasenmäher durch den Garten, und das war's dann. Es sieht bei euch langsam aus wie im Urwald!«

Was für ein angepasstes Arschloch, dachte Salma. Mit seinem Dauergrinsen im Gesicht bespritzt er den Garten so oft mit Gift und Dünger, dass der Rasen wie eine

Plastikdecke aussieht, und seine Bäume hat er getrimmt, dass sie aufgespießten Pudeln ähneln.

»Und du solltest weniger Gift in deinen scheußlichen Garten spritzen. Es riecht bei dir wie in einer Chemiefabrik, und all dein Ungeziefer und deine Insekten suchen Asyl rundherum. Sie sind oft halb vergiftet und verenden dann bei mir«, warf Claudia ein, Salmas Freundin, die auf der anderen Seite von Ali wohnte. Sie war Mitglied in mehreren Umweltorganisationen, lebte vegetarisch und konnte weder Ali noch seine Frau Ayşe ausstehen. Ayşe war streng muslimisch und wollte mit der Nachbarschaft keinen Kontakt, so war sie auch nicht zur Feier gekommen. Ali behauptete, sie hätte Migräne.

»Leck mich mit deinem Garten«, brummte Habib vor sich hin.

»Lass mich in Ruhe«, hörte man Alfred in diesem Moment seine Frau anschreien. Er befreite sich aus ihrem Griff und stand so heftig auf, dass er auf die Tischplatte kippte. Gläser und Teller zerbrachen klirrend. Eilig kam die Bedienung mit Schaufel und Besen herbei.

***

Warum verschließe ich mein Herz gegenüber den Verführungen anderer Männer? Ist es die Angst vor einer unsicheren Zukunft mit einem neuen Mann? Ich habe mich viel zu früh in Habib verliebt. Ich war dreizehn und er achtzehn. Ich habe nicht gelernt, andere Männer zu bewundern, näher anzuschauen, geschweige denn zu lieben. Sie waren für mich schemenhafte, geschlechtslose Gestalten, daher konnte ich locker mit ihnen umgehen. Ich war Habibs Liebe völlig ergeben. Liebe kann versklaven, sagte mir meine Mutter einmal, als sie auf den Niedergang ihrer eigenen Persönlichkeit zu sprechen kam, den sie in der Ehe mit meinem Vater erlebte. Sie war eine exzellente Schneiderin und hatte eine schöne Stimme, doch mein Vater war sehr eifersüchtig und verbot ihr beides, die Schneider- und die Gesangskunst. Sie durfte nicht einmal in der Küche singen.

Morgen werde ich Ludwig anrufen und ihn zum Abendessen einladen. Er wird Augen machen, und dann will ich mit ihm ins Bett gehen, noch nicht mit ihm schlafen, aber ich will neu lernen, wie man mit Männern umgeht. Ich werde ihm von Anfang an alles offenlegen. Wenn er mich liebt, so wird er Verständnis für mich und Geduld mit mir haben.

Und ich werde nicht zurückschauen, ich will ja nicht zur Salzsäule erstarren …

***

»Nein, ich werde nicht wegen Alkohol entlassen. Alle trinken Alkohol, überall, auch im Krankenhaus. Sogar unser Chef ist ein heimlicher Trinker. Die unterste Schublade seines Schreibtisches beinhaltet weniger Schreibkram als Whiskey und Wodka. Ich werde entlassen, weil ich schwul bin. Jawohl, wenn wir ehrlich reden wollen, dann richtig. Was ich nämlich noch sagen möchte, ist«, fuhr Alfred plötzlich ganz nüchtern und deutlich fort, »dass ich weiß, wer hinter meiner Entlassung steckt. Es ist Oberarzt Jochen Strunk, dieser hoch qualifizierte Petzer. Auch wenn er als Arzt eine Niete ist.« Alfred zeigte auf einen Mann mit Ziegenbart. Dessen dickliche Frau, die, wie gemunkelt wurde, sieben Schönheitsoperationen hinter sich hatte, zog erschrocken die Augenbrauen hoch. Ihr Gesicht, gespannt wie ein praller Ballon, ließ inzwischen kaum noch zu, dass sie lachte.

»Alfred, du sollst den Mund halten, du bist betrunken«, mahnte der Chefarzt.

»Nein, lass ihn, lass ihn, so wird klar, was für ein Saufbold er ist«, meldete sich Jochen Strunk, der Mann mit dem

Ziegenbart, zu Wort, dem man seinen Schreck sehr wohl anmerkte. Außer Frau Bastian, der Sekretärin, war niemand dabei gewesen, als er über Alfreds Homosexualität und Habibs Faulheit hergezogen hatte. Er konnte ja nicht wissen, dass Sabine Bastian lesbisch war. Er konnte nicht wissen, dass sie sich einen Satz zurechtgelegt hatte, falls er je dahinterkommen sollte, dass sie lesbisch war. »Wenn ich dich nur anschaue, muss ich ja lesbisch werden«, würde sie dann sagen.

Als Salma sich zurücklehnte, merkte sie, dass Habib und Viktoria Händchen hielten. Fritz, Viktorias Mann, hatte den beiden den Rücken zugedreht und unterhielt sich mit seiner Nachbarin Elfriede, der Frau des Bauern Erwin.

»Ich hätte da noch eine Frage«, rief Erwin, ohne aufzustehen, und beugte sich vor, um Habib ins Gesicht zu schauen. Sein Haus lag schräg gegenüber Habibs Haus. Am Rande der kleinen Kreisstadt besaß er große Felder. Seine Frau verdrehte die Augen, als wüsste sie, welche Fragen ihr Mann gleich stellen wollte. Sie war Gymnasiastin gewesen, als sie sich in den jungen ehrgeizigen Bauernsohn verliebt hatte. Er war der Klassenbeste ihres Jahrgangs gewesen, aber er wollte zu ihrer Enttäuschung nur Bauer werden.

Es war laut, aber Salma hörte, wie Fritz seine Frau Viktoria anknurrte. »Ich will nicht gehen«, sagte er, nun zu ihr gedreht. »Das Fest beginnt spannend zu werden«, fügte er mit einer ausladenden Handbewegung hinzu. Dabei warf er versehentlich sein leeres Weinglas um. Viktoria versuchte, ihn zu beschwichtigen.

***

Ich war entsetzt, als ich vor etwa einem Jahr die Schachtel mit den Potenztabletten fand. Sie steckte in der Innentasche seiner Jacke, die zur Reinigung musste. Von Potenz hatte ich nie etwas gespürt. Also war ich sicher, dass er eine junge Geliebte hatte, dieser alte Gockel. Lange brauchte ich nicht nachzudenken. Verdacht geschöpft hatte ich längst, weil er Viktoria immer wieder angeblich zufällig im Supermarkt getroffen hatte, und überhaupt kam sie ihm öfter auf die Zunge, ungewollt oder in eine schlechte Lüge verpackt. Es gibt nichts Beleidigenderes als dumme Lügen. Bei klugen kann man lachen, aber bei solch schnell gebratenen Gammellügen muss man kotzen. Habib war nie ein guter Erzähler, aber wenn er lügt, habe ich das Gefühl, er hält mich für schwachsinnig. Ich habe ihn angeschrien, und er schwor bei der Seele seiner verstorbenen Mutter, dass nichts zwischen ihm und Viktoria läuft. Aber mit den Potenztabletten war mir alles klar.

Ich schwieg und schlief nie wieder mit ihm. Er fragte nicht einmal, weswegen.

Plötzlich hatte ich das Gefühl, er stinke am ganzen Körper nach Chemikalien. Ich konnte nicht mehr neben ihm schlafen, schob sein Schnarchen als Grund vor und zog ins Gästezimmer um. Das war eine Erholung! Ihm war es gleichgültig. Er fragte nie nach.

Da wir beide berufstätig waren, führte die alte Italienerin Maria seit über einem Jahrzehnt unseren Haushalt, vom Putzen, Waschen und Bügeln bis hin zu gelegentlichem Kochen. Warm aßen wir in der Kantine unserer Betriebe.

Trotz alledem habe ich mein Herz vor jeder Verführung verbarrikadiert. Etwa, als der Chemielaborant Gabriel, ein charmanter und schöner Mann und zwanzig Jahre jünger als ich, mir Avancen machte. Nach zwei, drei Körben, die er von mir bekommen hatte, ließ er mich in Ruhe. Auch mein Kollege Ludwig, der Witwer, der mir Tag für Tag vermittelte, wie toll ich sei. Oft machte er mir kleine, sehr süße Geschenke, um mir schüchtern zu zeigen, dass er mich mag. Er ist nur zwei Jahre älter als ich. Wie oft schlug ich seine Einladungen aus. Nicht einmal zu einem Eis beim Italiener um die Ecke wollte ich mit ihm.

Ich wollte nicht das Labyrinth der unsicheren Gefühle betreten. Mir sind Klarheit und Ordnung wichtig. Vielleicht habe ich deshalb Chemie studiert. Hier geht es nie um »ungefähre«, sondern um exakte Mengen, nicht um lauwarm oder warm, sondern um eine genau bestimmte Temperatur.

So bin ich. Ich kann nicht zwei Wassermelonen auf einer Hand balancieren. Ich wollte den Kampf um Habib nicht aufgeben, bis ich die Potenztabletten fand. Für so einen Hund habe ich mich kasteit. Er pumpt sich für Viktoria mit Potenzmitteln voll, um Männlichkeit vorzutäuschen.

***

»Er legt sich einmal im Monat unter den Rasenmäher«, sagte Charlotte zu ihrer Schwester Susanne, und beide lachten laut über den Bauern Erwin, dessen Haarschopf wie ein Weizenfeld nach einer regnerischen, stürmischen Nacht aussah. Die Geschwister waren aus ärmlichen Verhältnissen, aber beide benahmen sich, als gehörten sie der Oberschicht an. Charlotte war im Einwohnermeldeamt tätig. Sie hatte nach einem Autounfall lange auf Habibs Station gelegen, und die beiden waren seitdem kumpelhaft befreundet. Auch Salma mochte Charlottes burschikose Art, mit der sie Männer traktierte. Sie fuhr einen teuren Sportwagen wie ihre Schwester Susanne, die einen Friseursalon besaß. Habib und Salma waren ihre Kunden.

»Ich habe nix gegen dich, Habib, aber ich schätze, dieses Fest hat mindestens zweihundert Weizensäcke gekostet«, sagte Erwin.

»Was für Zeug?«, hörte man Oberarzt Jochen Strunk rufen.

»Weizensäcke«, wiederholte Charlotte und lachte laut.

»Weizensäcke?«, fragten einige.

»Ja, Entschuldigung«, fuhr Erwin fort, »allein die Reste des üppigen Essens, die heute weggeschmissen werden, ernähren fünfzig Flüchtlinge. Du bist Syrer, oder? Und deine Landsleute hungern. Wie viel Brot hättest du ihnen mit dem Geld spenden können?«

»Hör doch auf mit deinen Weizensäcken! So ein Blödsinn!«, hörte man seine Frau meckern.

Und damit brach der Tumult aus. Susanne rief: »Du Schweinehund«, und dann folgte eine Ohrfeige. »Ich habe dir dreimal gesagt, du sollst mich nicht anfassen.«

Thorsten, der Automechaniker, hatte die Ohrfeige kassiert. »Schlampe!«, rief er zurück und erhob sich. Thorstens Frau hatte sich vor einer Weile zum Pulk der Nachbarinnen gesetzt, was Thorsten ausgenutzt hatte, indem er einen Stuhl weitergerückt war, um Susanne nahezukommen.

»Lass mich mit deinem Weizen in Ruhe«, schrie Habib Erwin an. »Du hast keine Ahnung von Syrien. Es ist eine Verschwörung gegen unseren Präsidenten im Gange, und warum? Dreimal darfst du mit deinen blöden Weizensäcken raten.«

Und Habib erklärte umständlich und wirr, dass das Geschehen der letzten Jahre in Syrien nichts als eine große Verschwörung sei.

Einige nickten, andere hörten weg, weil sie sich für Syrien nicht interessierten. Nur einer blickte mit Verachtung auf Habib: Oberarzt Jochen Strunk.

***

Irgendwie ist Habib komischer geworden, je älter er wurde. In den ersten zehn Jahren war ich es, die im Urlaub unbedingt nach Damaskus fliegen wollte. Wir hatten nie Probleme mit der Regierung, weil wir uns nie einmischten und weil ein Cousin von Habib ein hohes Tier im Geheimdienst ist. Aber in den letzten fünf Jahren passierte etwas, das mir immer unverständlich bleiben wird. Habib wurde wieder zu einem Kind, das sein Dorf nordöstlich von Aleppo in den schönsten Farben malte. Nur er konnte seinen Fantasien glauben. Ich war immer froh, wenn ich nach dem kurzen Besuch schnell nach Damaskus zu meiner Schwester zurückfahren konnte. Sie lebt nun nach dem Tod meiner Mutter alleine in dem kleinen schönen Haus.

Das Dorf ist, gelinde gesagt, die dreidimensionale Darstellung des Elends. Wo man hinschaut, hässlicher Beton, weil die Söhne, die als Gastarbeiter am Golf tätig sind, kein Geld mehr schicken können. Schon bei der Einfahrt stinkt das Dorf nach Kuhmist. »Beste Landluft!«, rief Habib und atmete tief ein. Ich dachte, er ist verrückt geworden. Auch das Essen schmeckte mir nicht, zu viel Hammelfleisch, das nach Urin roch. Alles triefte vor Fett.

Habib verbrachte seine Ferien dort mit seinen Freunden aus Kindertagen. Vor ihnen konnte er mit seinem Mercedes und dem Landhaus in Deutschland angeben. Manche hielten ihn für den Chef des Krankenhauses. Er korrigierte die Einfältigen nicht.

Das ließe sich immerhin noch mit Eitelkeit erklären, doch zurück in Deutschland vollzog er eine weitere Wandlung und wurde zu einem Nationalisten der übelsten Sorte. Es begann nach dem Urlaub 2007. Und noch schlimmer wurde es seit dem Ausbruch des Aufstands gegen Assad. Er, der nie mit Politik zu tun gehabt hatte, wurde plötzlich »Experte«. Allein, weil er Syrer ist, nahm er sich das Recht heraus, Kommentare von sich zu geben, die mich beschämten. Er wurde zu einem Verächter anderer Kulturen und Länder.

Das Leben, sagte Claudia, sei ein Kreis. Je älter man werde, desto näher komme man seiner Kindheit.

»Schau dir die alten Männer an«, fuhr sie fort, »sind das nicht niedliche Kinder?«

Aber Kinder erheben ihre Heimat nicht wie die Idioten über andere Länder. Ihre Heimat ist die Welt.

***

Plötzlich stand Fritz, Viktorias Mann, auf und schlug mit dem Messer gegen sein Glas. Ruhe trat ein, zuerst noch mit Gemurmel tätowiert, dann aber lag sie schwer vor Erwartung über allen. Die meisten kannten den Mann nicht.

»Ich möchte unserem Geburtstagskind danken. Wirklich ein exzellentes Essen und ausgesprochen guter Wein. Ich danke auch dem Koch und der Mannschaft.« Beifall, begleitet von Bravorufen, erhob sich im Saal. Drei Männer und zwei Frauen der Bedienung verbeugten sich, und einer rannte in die Küche und holte den Koch. Als dieser kam und seine Hand dankend erhob, war der Orientalist schon mitten in seiner Rede. »Ich will das Angebot unseres Gastgebers annehmen und ›ehrlich sein‹. Ich will ihn euch ein wenig anders vorstellen, und ihr werdet euch bestimmt über meinen Dank wundern. Habib, ich danke dir«, sagte er und erhob sein Glas.

Habib lächelte eitel und nahm einen kräftigen Schluck.

»Du bist nämlich mein Penis!«

Entsetzen mischte sich mit lautem Lachen und ungläubigen Fragen. »Wie? Penis? Was hat er gesagt? Ist er betrunken?«

»Wenn Sie sich beruhigen, beweise ich es Ihnen«, fuhr der Orientalist fort, und seine Stimme gewann an Kraft. Viktoria zog in einem Reflex ihren Rock bis zu den Knien. »Er fickt meine Frau seit Jahren. Was soll ich tun? Sie ist meine Haussklavin und erleichtert mir das Leben, aber sie braucht das, was ich nicht geben kann. Auch Potenzmittel halfen bei mir nicht: Ein Unfall in meiner Jugend hat mir alles zwischen den Beinen zerquetscht. Meine Frau spielte mir damals eine Schwangerschaft vor, und sie wusste, dass ich wusste, dass sie lügt. Ich habe noch nie mit ihr geschlafen, kann ich ja gar nicht. Sie wollte nach Deutschland, und ich wusste, dass sie wusste, dass sie meine Sklavin sein wird. Eine wortlose Vereinbarung! Eine kostenlose, schöne, exotische Hausbedienstete gegen ein Leben im Wohlstand. Ich bat sie bei der Ankunft in Deutschland, sich, wenn sie ficken muss, dezent zu verhalten, um meinen Ruf nicht zu ruinieren, doch ihre Jugend ließ mich verzweifeln. Sie konnte nichts dafür. Sie schlief mit jedem. Bald musste ich die Stadt verlassen und eine Professur in einer anderen Stadt annehmen. Gott sei Dank war das nicht schwer, da ich einige entscheidende Forschungsergebnisse zuwege gebracht habe. Aber die Unruhe wurde langsam zum Feind meiner Leidenschaft: Bücherschreiben. Seit meiner Emeritierung träume ich von einem großen Werk über die arabische Sippe. Und dann verliebte sich Viktoria vor drei Jahren in diesen Kerl, unser Geburtstagskind Habib. Das war ein großes Glück. Habib hat extra für ihre Liebesabenteuer ein Zimmer in einem Hochhaus gemietet, und ich hatte meine Ruhe, um mein Werk zu Ende zu schreiben. Gestern ist es in die Druckerei gegangen. Mein Verleger sagte mir, es wird die Orientalistik auf den Kopf stellen, und auch die Vorbestellungen übertrafen seine kühnsten Erwartungen. Daher bedanke ich mich bei dir, lieber Habib.«

Habib wusste nicht, was er tun sollte. Sein Kopf schien in einer Mulde zwischen seinen Schultern zu verschwinden. Großer Jubel brach aus, vermischt mit Lobeshymnen auf die Männlichkeit und auch auf die gelungene Beleidigung seitens des Professors. Entsetzte Kommentare der Frauen gelangten trotz des Gebrülls in Fetzen an Salmas Ohren. Und noch bevor der Lärm abebbte, hörte man Thorsten mit einem der fünf Krankenpfleger, einem dunkelhäutigen großen Mann, streiten. Eine der vier eingeladenen Krankenschwestern schrie erschrocken auf, weil Thorsten, von einem Faustschlag getroffen, auf sie stürzte. Mehrere Männer und Frauen eilten zu den Streithähnen und trennten sie.

»Sag noch einmal ›Neger‹ zu mir, und ich bringe dich um«, rief der dunkelhäutige Mann. Thorsten und seine Frau verließen den Saal ohne Abschied.

***

Am Anfang freute ich mich. Wie ein Geschenk kam mir das Wort »ehrlich« vor, das Habib leichtfertig aussprach. Ich wusste aber von anderen Gelegenheiten, dass bei Familientreffen immer eine angebliche »Ehrlichkeit« die Ursache dafür ist, dass alte, unterdrückte Abneigungen hochkommen und Abrechnungen ihren Lauf nehmen und das Fest am Ende zu einem grausigen Theaterstück machen. Claudia, meine Freundin, hat mir erzählt, dass sie seit über zehn Jahren Weihnachten nicht mehr mit ihrer Familie feiert. Ihre drei Brüder und zwei Schwestern, die Schwägerinnen und der Schwager und deren Kinder hatten Jahr für Jahr zu Weihnachten miteinander abgerechnet, und am Ende hatte es immer einen Riesenkrach gegeben. »Kein Wunder«, sagte Claudia einmal, »dass die Scheidungsrate kurz nach Weihnachten am höchsten ist.«

Und heute ist es genauso. Habib hat den Startschuss gegeben, und alle Kloaken öffneten sich. Zunächst kam ich mir wie eine Voyeurin vor, dann aber sah ich, wie jede einzelne geäußerte Kritik Habib präzise traf. Ein Puzzle der Gehässigkeit. Im Grunde verlief der Abend so, als wären alle Anwesenden Schauspieler in meiner Abschiedsszene gewesen. Vorhang!

***

»Wenn ich ehrlich sein soll, dann muss ich dir sagen, dass du unglaubwürdig bist«, rief Jochen Strunk von seinem Platz an der Spitze der rechten Seite des Hufeisens aus, kaum dass Thorsten seinen Abgang genommen hatte. Im Saal wurde es wieder still. »Hast du mir vor einem Monat nicht gesagt, dass du Assad hasst, weil er und seine Sippe das Land ausgeraubt haben? Dass du dich aber öffentlich nicht äußern willst, weil du jedes Jahr deinen Urlaub in Syrien verbringst? Und jetzt? Hast du mir gegenüber nicht beteuert, dass der Assad-Clan die ganze Misere und die Zerstörung verantwortet? Und jetzt? Jetzt ist alles plötzlich eine Verschwörung gegen Assad. Kannst du endlich mal deine wahre Meinung sagen, wo du doch zur Ehrlichkeit aufrufst?«

Eine bedrückende Stille knisterte über den Köpfen.

»Mir ist eben klar geworden, dass eine große Verschwörung gegen mein Land ausgeheckt wird …«

»Dein Land, dein Land«, brüllte Jochen Strunk. »Wer interessiert sich für dieses bankrotte Land Syrien. Es ist in Wahrheit eine weltweite Verschwörung gegen Deutschland, und die Flüchtlinge sind ein Teil dieser Verschwörung.«

Viele nickten.

»Nein, du Idiot, sie ist gegen Syrien gerichtet!«, brüllte Habib.

»Selber Idiot, am Ende zahlt Deutschland die Zeche, weil ihr nicht einmal euer Land in Ordnung bringt«, zürnte der Oberarzt.

Habib sprang auf seinen Stuhl, und von da war er mit einem Satz mitten im Raum. Er stürzte sich auf Oberarzt Strunk, der bereits aufgestanden war und nun zurückschlug. Beide gingen zu Boden. Die Schlägerei nahm ihren Lauf.

Leise, ganz leise ging Salma zur Tür. Dort drehte sie sich noch einmal um und warf einen Blick zurück. Unendlich großes Mitleid mit diesem elenden Kerl erfüllte sie, der nun unter seinem Oberarzt lag und versuchte, gegen dessen Brust zu boxen. Alfred eilte ihm zu Hilfe und trat Jochen von hinten in die Rippen, sodass dieser zur Seite kippte. Strunks Frau schrie vor Entsetzen auf …

Salma ging hinaus und atmete tief die kühle Brise ein.

Monika Helfer

Geburtstag

Geburtstag

Ihren fünfzigsten Geburtstag feierte die Frau ohne ihren Mann, er hatte sich vor einem halben Jahr verabschiedet und war zu einer jungen Frau gezogen. Ihre Mädchen brachten ihr Blumen und trösteten sie. Sie sagten, zum Alleinsein sei es noch zu früh, geh in einen Alpenverein, du wanderst doch gern, oder fahre auf eine Kunstreise, du wirst garantiert einen Mann kennenlernen. Beides hatte sie befolgt, war mit den Menschen vom Alpenverein gewandert und war sich fremd vorgekommen. Bei der Kunstreise hatte sie keinen gefunden, der sie interessiert hätte.

So entschloss die Frau sich zu einem ungewöhnlichen Schritt.

Jahre später …

Ich suche einen Mann

Vor meinem Entschluss, mich für eine Sendung im Fernsehen zu melden, habe ich viel nachgedacht, wenig geschlafen, ich sage Ihnen, mühselig. Dann war ich auch gar nicht sicher, ob sie mich nehmen würden. Zuerst ein Ausfragen am Telefon, dann ein Casting wie für einen Film. Wie sehe ich aus?, was ziehe ich an?, und dann, als ich erfuhr, dass ich genommen wurde, Angst und Schrecken, wenig Freude. Ich putzte die Wohnung, weil ich wusste, ein Fernsehteam mit der Moderatorin würde mich besuchen. Ich dekorierte, dekorierte um, fotografierte, sah mir die Wohnung auf dem Foto an, fotografierte, sah mich an, fand alles nicht genügend. Ich fragte meine Schwester, die meinte, ich sei verrückt, das hätte ich doch nicht nötig. Und ob ich das nötig hatte! Nie sonst würde ich mehr einen Mann finden. Ich bin achtundfünfzig, beim Alter soll man ehrlich sein. Zweimal war ich bereits verheiratet, das erste Mal dauerte dreizehn Jahre, zwei Kinder gibt es aus dieser Ehe. Lange bemerkte ich nicht, dass mein Mann eine andere hatte. Ich sagte »andere«, weil das weniger gefährlich klang als »Geliebte«.

Ich war gekränkt und ließ mich scheiden. Ein zweites Mal heiratete ich, bald nach einem Jahr, es war ein Freund meines Mannes, der mich getröstet hatte. Nach zwei Jahren war sein Trost erschöpft. Meine Kinder fanden ihn falsch. Dann waren wir allein. Es war nicht schlecht, aber eben auch nicht gut, und ich war einsam in meinem großen Bett. Meine Mädchen hatten mich gern für sich allein. Als sie auszogen, war ich wie betäubt.

Also kamen die Fernsehleute mit ihren vielen Kabeln, gleich stolperte ich darüber. Ich hatte mir Kleider und Hüte zurechtgelegt, einige Paar Schuhe. Sollte ich mich während der Sendung immer wieder in neuen Sachen zeigen? Was sollte ich reden? Ich überlegte mir Dinge, die mir klug und erfahren erschienen. Wo sollte ich meine Beine hintun? Übereinanderschlagen? Ein langes Kleid, ein kurzes Kleid, warum tue ich mir das an? Ich wollte alles absagen, aber es war zu spät. Im Vorgespräch war die Moderatorin verständig, es gelang ihr, mich zu beruhigen, ich sollte einfach ganz normal sein. Ich sollte sagen: Ich heiße Elfie, und auf diesem Weg suche ich einen Mann. Sie würde mich fragen, wie er denn sein sollte, mein Zukünftiger. Ich würde sagen: treu und ehrlich. Wie er denn aussehen sollte? Ich wollte sagen, das sei mir nicht wichtig, aber dann kam mir die Vorstellung, was, wenn er hundertzwanzig Kilo hätte? Also würde ich einfach sagen, er sollte zu mir passen, etwa meine Statur.

»Sie sind ja eine Bescheidene«, sagte die Moderatorin, »sollen wir nicht ein wenig bunter werden, und was nehmen wir als Ihre Lieblingsmusik?«

Vor der Sendung
Die Moderatorin gab sich Mühe mit mir. Sie redete mir zu, weil ich aussteigen wollte. Sie stöberte in meinem Kleiderschrank nach passenden Teilen, meine ausgewählten waren ihr zu unspektakulär. Sie sagte: »Liebes Mädchen, das hier ist Fernsehen, da muss man etwas bieten.«

Das klang für mich komisch, weil die Moderatorin in meinem Alter war. Ich hätte sie gern gefragt, ob sie einen Mann habe. Sie wollte, dass ich mein dunkelrotes Kleid anziehe und hohe Schuhe dazu, sodass meine Beine zur Geltung kommen.

»Die sind ja wirklich sensationell«, sagte sie.

Das Kleid war ärmellos, und ich bin mit meinen Oberarmen gar nicht einverstanden. Sie fand, das passe unbedingt.

Eine Visagistin schminkte mich, während ich den Spiegel vor mir hatte und mich über die Veränderungen in meinem Gesicht wunderte. Die können das schon. Ich sah anders aus. Mein Haar ist zudem ein Problem. Aber auch das bekamen sie hin, es wurde toupiert und mit Haarspray fixiert, ich griff mir auf den Kopf, und es fühlte sich an, als trüge ich einen Helm. Allen gefiel ich. Jetzt brauchte ich nur noch den Mut, mich zu präsentieren. Sie ließen mich auf- und abgehen, ich war die hohen Schuhe nicht mehr gewohnt und stellte mich ungeschickt an. Die Moderatorin meinte, wir machen das alles im Sitzen.

»Schlagen Sie die Beine übereinander, das sieht gut aus.«

Einmal wenigstens sollte ich mich umziehen, ein schwarzes Kleid mit Spitze. Am Schluss würde sowieso alles zusammengeschnitten, tröstete man mich. Musik wählten sie für mich aus, weil ich mich nicht entscheiden konnte, etwas Klassisches, Leichtes. Ich sagte meine einstudierten Sätze, und die Moderatorin spielte sie mir vor. Unmöglich. Ich müsse mir Zeit lassen, meinte sie. Richtig betonen. Ein paarmal probierte ich es, ich trank zwei Gläser Prosecco.

Mein Wohnzimmer ist schlicht eingerichtet, die Mädchen haben viel mitgenommen, als sie auszogen. Die Bücherwand ist das Einzige, was heraussticht. Die Moderatorin wollte, dass ich zur Auflockerung zwischen die Bücher ein paar Kleinigkeiten setze, Püppchen und Tiere, viele haben Elefanten gern. Das lehnte ich ab. Ich ließ mich dazu überreden, einige Familienfotos aufzustellen und die Fächerpalme neben meinen Sessel zu rücken. Ganz locker sollte ich sein. Ich bemühte mich. Sie versprachen mir, vor der Ausstrahlung einen Stick mit dem Ganzen zu schicken.

Mit der Post kam der Stick, aber ich war zu aufgeregt, um mir den Beitrag anzuschauen. Ich dachte, sehe ich es, muss ich Einhalt gebieten. Deshalb wartete ich auf die Sendung. Ich kam als Erste ins Bild. Mein Herz klopfte wie wild.

Dann, die Sendung

Ich wollte es mir auf dem Sofa gemütlich machen, war allerdings dazu viel zu nervös. Ich trank Kaffee und einen Schnaps, stellte den Fernseher lauter, dann wieder leiser. Ich sah das Insert, Herz aus Pastell, und hörte Kussgeräusche, dann sah ich mich auf dem Polstersessel sitzen, Füße überkreuzt, das Gesicht starr in die Kamera gerichtet.

Während die erste Frage an mich formuliert wurde: »Wie lange sind Sie schon allein?«, hörte ich in Gedanken meinen Exmann mit seiner neuen Frau, wie sie sich wunderten, und ich sah meine Mädchen, wie sie vor lauter Peinlichkeit den Fernseher ausschalteten, wieder anschalteten, wieder ausschalteten, dann die Nachbarn … Warum nur hatte ich das nicht bedacht?, ich würde sie auf der Straße treffen …

Die zweite Frage, ohne dass ich die erste beantwortet hatte: »Was erwarten Sie sich von einer neuen Liebe?«

Meine Antwort: »Dass mein Leben noch einmal eine gute Wendung nimmt.«

Dritte Frage – mit Schwenk auf das Bücherregal, auf den Buchtitel *Wer die Nachtigall stört*: »Wie sollte der Mann an Ihrer Seite sein?«

»Er sollte mich aufheitern, mit mir Spaziergänge unternehmen, kluge Gespräche führen …«

Schwenk auf die Gardine mit den Rosen und dann zum Fenster hinaus, hinauf auf den Apfelbaum.

»Wollen Sie, dass der Mann bei Ihnen einzieht?«

Mein schnelles »Nein!«, und dann wie zur Korrektur: »Zuerst ein Kennenlernen, eine Freundschaft, und was sich daraus ergibt.«

»Sind Sie eine romantische Frau, kuscheln Sie gern?«

Mein Blick wieder in die Kamera: »Ich bin vielleicht ein wenig verträumt, aber kann auch nüchtern sein. Ich koche gerne.« Das hatte die Moderatorin gar nicht gefragt.

Schwenk in die Küche auf die blanke Herdplatte, auf Kellen, Trichter und Siebe an der Wand.

Das Telefon läutete. *Nein, ich nehme nicht ab, das sind meine Mädchen.* Ich schaltete auf stumm. Sah mich mit den Stöckelschuhen aufstehen und das Fenster schließen. Die Kamera zeigt mein Gesicht in Großaufnahme. Die Schminke, so nah wie zum Abkratzen. Ich schalte den Ton wieder ein.

Die Moderatorin: »Ich bin mir sicher, Sie werden viele Briefe bekommen.«

Ich, fragend: »Ja?«

Ich stehe unter einem Apfelbaum, daran kann ich mich gar nicht erinnern, trage das schwarze Spitzenkleid, bin barfuß, schaue hinauf in die Krone. Viele Äpfel wird es heuer geben.

»Was war der schönste Tag in Ihrem Leben?«

»Als meine Mädchen geboren wurden«, sagte ich und lachte in die Kamera, völlig entspannt, und ich wunderte mich, dass ich so hübsch war, in diesem Augenblick wenigstens. Was war das noch für eine Musik?

Am nächsten Tag traf ich die Nachbarin, und sie winkte mir heftig zu: »Super, der Horst (ihr Mann) hat es auch gesagt. Was das gleich ausmacht, wenn man so hergerichtet wird!«

Reaktionen

Nach meinem Auftritt im Fernsehen wartete ich auf Post, die Moderatorin war zuversichtlich, dass ich einen Korb voller Briefe bekommen würde. In meinem Leben brannte ein Flämmchen, immerhin.

Den ersten Brief erhielt ich an einem Montag, er war von Hand geschrieben, die Schrift leicht nach links geneigt, wie ich es von meinen Mädchen kenne. Könnte ein feiner Mann sein, dachte ich.

Liebe Elfie,
nachdem ich Sie im Fernsehen erlebt habe, bin ich verzaubert. Sie waren die Einzige in dieser Sendung, die Klasse hatte. Gleich nahm ich mir vor, Sie zu bitten, ob wir uns sehen können. Denken Sie nicht, dass ich ein Frauentourist bin, der solche Bekanntschaften sucht, ich mache das zum erstem Mal.
Mit Neugier erwarte ich Ihre Antwort.
L.

Kein Foto lag bei. Auf dem Umschlag fand ich die Mailadresse. Ich schrieb zurück:

Lieber L.,
wenn Sie Zeit haben, können wir uns am Freitag Nachmittag im Café Eiles treffen. Ich warte um 14 Uhr auf Sie.
Elfie

Bis Freitag lagen noch elf Briefe in meinem Korb, ich überflog sie, wunderte mich über Rechtschreibfehler und schlecht formulierte Sätze. Die Fotos fand ich unterschiedlich. Eines gefiel mir recht gut – ein viriler Typ mit hoher Stirn und halblangen Haaren. In seinem Brief allerdings, der sehr nüchtern gehalten war, fand ich ein paar Schnitzer, und das irritierte mich. Fotos können täuschen. Wenn es nur ein Porträtfoto ist, weiß man ja nicht, wie die Figur aussieht.

Auf einem Foto lehnt ein Mann lässig an der Tür eines Sportwagens, das wollte ich zum Spaß den Mädchen zeigen.

Am Freitag bemühte ich mich um meine Erscheinung, nicht zu auffällig, aber doch ein wenig feierlich, mein Spitzenkleid und Turnschuhe. Meine Mädchen sagen mir immer, Turnschuhe zu feinen Kleidern seien total hip, und das in jedem Alter, es zeigt, dass die Trägerin nicht engstirnig ist.

Ich saß im *Café Eiles* und wartete. Um halb vier kam eine Frau zu mir an den Tisch, ich hatte sie schon vorher beobachtet und sie mich. Sie sagte, sie sei L., die mir einen Brief geschrieben habe, den mit der nach links geneigten Schrift. Ich wurde rot und sagte, sie habe etwas missverstanden, ich suchte einen Mann. Sie darauf, sie sei nicht lesbisch, auch wenn ich das vermute, sie wolle einfach mit jemandem wie mir ein Gespräch führen, unter anderem über Männer.

Ich wusste nicht genau, was ich von ihr halten sollte. Sie war ein wenig jünger als ich, ihr Mund war rot, ihr Kleid zerknittert, ihre Füße ohne Strümpfe in Stöckelschuhen. Unter dem Tisch zog sie den rechten Schuh aus und rieb sich den Knöchel. Was sollte ich tun?

Reden kann nicht schaden

Zuerst wollte ich gleich zahlen. Reden kann nicht schaden, dachte ich dann. Ohne dass ich sie eingeladen hätte, begleitete sie mich zur U-Bahn, fragte vor dem Mietshaus, ob ich einen Kaffee für sie hätte. Ich wollte nicht kleinlich sein und nahm sie mit in die Wohnung. Sie erzählte mir von ihren unglücklichen Beziehungen, davon, dass sie ihr letzter Mann vor die Tür gesetzt habe und sie jetzt ohne Bleibe sei. Ich begann zu schwitzen.

»Bei mir können Sie nicht bleiben«, sagte ich, »morgen kommen meine Mädchen.«

»Ich bitte Sie um eine Nacht«, sagte sie. »Wir trinken Wein, und ich erzähle Ihnen von den Männern.«

Dass sie mich siezte, versöhnte mich kurz, erhoffte ich dadurch doch Distanz. Ich öffnete eine Flasche Wein, ging ins Schlafzimmer, um meine Mädchen anzurufen.

Sie wohnten zusammen, und ich erreichte beide. Sie hatten mich im Fernsehen angeschaut und sich gewundert. Aber es war ihnen nicht peinlich gewesen. Ich erzählte, was mir gerade passiert war, von dieser Frau, die jetzt bei mir in der Wohnung sei. Sie sagten, typisch Mama, wollten am nächsten Tag zum Frühstück kommen und sich breitmachen.

Was die Frau palaverte, klang abenteuerlich, ich beschloss, ihr gar nichts zu glauben. Die Männer in ihrem Leben waren doch nur Romanfiguren.

Die Mädchen kamen wie versprochen, aber die Frau blieb. Sie sagte, sie sei mit dem Sofa ganz glücklich und würde sich unsichtbar machen, sie sagte: »Tut so, als wäre ich euer Sofa.« Ich bat die Mädchen, mit ihr zu reden, aber beide fanden nicht den richtigen Ton, sie klangen gehemmt, und die Frau durchschaute uns.

So blieb diese Person vier Tage bei mir, ich war verzweifelt. *Du musst das selber machen, du bist schließlich ein erwachsener Mensch*, hatten die Mädchen gesagt.

Die Frau schlief die meiste Zeit, um nicht aufzufallen. Einmal, als ich vom Einkaufen zurückkam, stolzierte sie aus dem dampfenden Badezimmer und trug meinen Morgenmantel.

»Schluss jetzt!«, sagte ich. »Sie müssen gehen. Ich werde die Polizei holen.« Wie ich auf sie wirkte, glaubte sie mir das nicht.

Ich nahm aus dem Korb den nüchternen Brief von dem Mann, der mir recht gut gefallen hatte. Ich rief ihn an und bat ihn um eine Verabredung. Ich gab meiner Stimme einen festen Ton.

Er hatte etwas von einem Bär. Seine weißen Haare trug er zu einem Pferdeschwanz gebunden, also ein Eisbär. Ich beschloss, ihm zu vertrauen. Nachdem wir den Kaffee aus unseren Tassen getrunken hatten, erzählte ich ihm von dem Malheur mit der Frau.

Eisbär

Der Mann begleitete mich zu meiner Wohnung, er nahm die Straßenseite und reichte mir seinen Arm. Er war nicht viel größer als ich, wirkte auf mich aber wie ein Beschützer.

»Waren Sie erschrocken, als Sie mich gesehen haben, enttäuscht?«

»Gar nicht«, sagte ich ehrlich. »Ich hab mich gleich wohlgefühlt, hab mir gedacht, mit den weißen Haaren sieht er aus wie ein Eisbär.«

»Ein Eisbär ist ein Raubtier, wissen Sie das?«

»Dann eben kein Eisbär«, sagte ich.

»Wir müssen ja zum Glück keine Tiere sein«, sagte er und machte einen Steppschritt. Ja, ich fühlte mich wohl an seiner Seite und hätte gewünscht, die Mädchen könnten mich sehen.

Ist doch egal, dachte ich mir, wenn er die Rechtschreibung nicht beherrscht. Wichtiges zählt.

Er war Pensionist, und um den Tag hinter sich zu bringen, nahm er Jobs an.

»Handwerklich bin ich geschickt«, sagte er. »Sollte also ein Schloss klemmen – ich kann helfen.«

Ich sperrte die Wohnungstür auf, und die Frau, deren Name ich immer wieder vergesse, saß auf dem Sofa und schnitt sich die Zehennägel. Sie ließ die Schere fallen, kam uns entgegen und gab dem Mann die Hand.

»Au!«, sagte sie, »Wollen Sie mir die Hand brechen?«

»Setzen Sie sich gar nicht erst wieder«, sagte er. »Packen Sie Ihr Zeug und Abfahrt!«

Die Frau schaute mich an.

»Sie haben richtig gehört«, sagte ich. »Er ist ein Freund und für meine Sicherheit verantwortlich.« Ach, könnten mich nur meine Mädchen hören!, dachte ich.

»Wie komme ich von hier weg?«, fragte die Frau. »Ich habe kein Geld.«

»Das ist nicht unser Problem«, sagte er und schob sie zur Tür hinaus.

»Meine Schuhe!«, rief sie. Er gab ihr die Stöckelschuhe.

Beide standen wir am Fenster und sahen sie weggehen. Sie war barfuß, trug die Schuhe in der Hand.

»Wir hätten ihr Geld geben sollen«, sagte ich.

»So jemand kommt immer durch!« Er wusste es, ich sah es ihm an.

»Ich dachte, Sie wohnen in einem Haus, und der Apfelbaum, unter dem Sie gefilmt wurden, sei Ihrer«, sagte er.

»Fernsehen zeigt nicht immer die Wahrheit«, sagte ich.

»Was Sie anlangt«, sagte er, »war es korrekt.«

Ich dachte, er kann Schlösser knacken, und er hatte geglaubt, ich besitze ein Haus. Gleich wischte ich den Gedanken weg. Ich hasste mich für meine Engstirnigkeit. Sollten wir ausgehen, werde ich mein Spitzenkleid und meine Turnschuhe anziehen. Sollte ich zahlen oder mich einladen lassen? So viel könnte ich falsch machen.

»Möchten Sie ein Bier?«, fragte ich. Ich sah ihn von hinten und fand, dass er stattlich war. Dabei weiß ich, dass Rückseiten problematisch sein können.

»Also Bier? Ich habe Dunkles und Helles.«

Er mochte beides.

Die Frau lächelte in sich hinein und dachte: *Der Eisbär weiß nicht, dass er mein Geburtstagsgeschenk ist, ich werde es ihm auch nicht sagen.*

Franz Hohler

Der Geburtstagskalender

Der Geburtstagskalender

Seit er pensioniert war, hatte sich sein Leben verändert.

Er gehörte zu denjenigen Menschen, die sich schlecht oder gar nicht darauf vorbereitet hatten, aus dem Arbeitsprozess auszuscheiden. Als Sachbearbeiter für die kleinen und mittleren Unternehmen auf dem Steueramt war er unter diesen für seinen unbestechlichen Blick auf die Buchhaltung und die abzugsfähigen Unkosten gefürchtet gewesen. Bei seiner Abschiedsfeier war sogar der zuständige Regierungsrat kurz erschienen und hatte ihm dafür gedankt, dass er durch seine Überprüfungen für den Staat jedes Jahr sechs- bis siebenstellige Frankenbeträge ins Trockene gebracht habe, ja, hatte er im Scherz gesagt, er, der Regierungsrat, verdanke wohl sein Jahresgehalt nur den Bemühungen von ihm, Eduard Frehner.

Und da war er nun auf einmal zu Hause, frühstückte am Morgen mit seiner Frau Rosemarie, die einige Jahre jünger war als er, und wenn sie die Wohnung verließ und zur Schule ging, an der sie unterrichtete, blieb er zurück, räumte den Tisch auf, steckte das Geschirr in die Spülmaschine, las die Zeitung, ohne dass er nachher sagen konnte, was er gelesen hatte, und wusste nicht, was tun.

Auf Anraten seiner Frau hatte er sich bei »Pro Senectute« gemeldet, um in Freiwilligenarbeit älteren Menschen beim Ausfüllen ihrer Steuererklärung behilflich zu sein, hatte aber zu seinem Erstaunen den Bescheid erhalten, sie hätten schon genügend Helfer für diese Aufgabe und würden gerne auf ihn zurückkommen, wenn jemand ausfiele.

Er war kein Wanderer, er war auch kein Großvater, da ihnen ihr einziger Sohn bislang noch keine Enkel beschert hatte, er hatte keine wirklichen Hobbys. Immerhin hörte er gerne Musik, klassische Musik, und das Einzige, das er sich für die Zeit nach der Pensionierung vorgenommen hatte, war, Ordnung in die beachtliche Sammlung seiner Tonträger zu bringen, die aus Langspielplatten, Musikkassetten und CDs bestand. Er würde sie, hatte er gedacht, alle durchhören, ein Verzeichnis anlegen, Doppeltes ausscheiden und Kassetten, für die es ja bald keine Abspielmöglichkeiten mehr gab, auf CDs überspielen lassen, obwohl man bereits allenthalben hörte, diese seien ebenfalls Auslaufmodelle und die Zukunft der Speicherung von Musik sei die Festplatte. Er stellte jedoch fest, dass es ihm nach spätestens zwei Stunden reichte und sich dann wieder diese Ratlosigkeit einstellte, die er jeweils nach dem Frühstück verspürte.

Eines Morgens, als er auf der Toilette saß, fiel sein Blick auf den Geburtstagskalender, der neben dem Spiegelschrank an der Wand hing. Rosemarie hatte ihn vor Jahren besorgt und darin mit Bleistift die Geburtstage ihrer Verwandten und ihrer Freundinnen eingetragen, auch den ihres Sohnes und einiger von Eduards Verwandten. Diesen Kalender hatte er so wenig beachtet wie ein Bild, an das man sich mit den Jahren so gewöhnt, dass man es nicht mehr wirklich wahrnimmt. Den Geburtstagen hatte er keine besondere Aufmerksamkeit geschenkt und manchmal auch gelächelt, wenn Rosemarie, bevor sie das Haus verließ, noch ein Zettelchen auf den Boden des Korridors legte, auf das sie mit Filzstift einen Namen mit dem Vermerk »Geb.« schrieb, also z. B. »Geb. Alfons«, damit sie nicht vergaß, Alfons zum Geburtstag zu gratulieren, wenn sie wieder nach Hause käme.

Beim heutigen Datum las er »Alice«. Allerdings hatte seine Frau kein Erinnerungszettelchen auf den Boden gelegt, denn Alice war eine Cousine von Eduard, mit der sie kaum mehr in Kontakt waren. Eduard holte sein Adressbüchlein, in dem sie mit ihrer Telefonnummer eingetragen war. Ob die wohl noch gültig war? Ja, das war sie, Alice meldete sich und war ebenso erstaunt wie gerührt, als sie Eduards Stimme hörte. Wie es dazu käme, dass er an ihren Geburtstag gedacht habe, fragte sie, und Eduard sagte, seit er pensioniert sei, habe er wieder mehr Zeit, auf den Geburtstagskalender zu schauen, und da stehe sie beim heutigen Datum drauf. Wo der Kalender hing, sagte er nicht. Er erfuhr dann von ihr, dass es ihr gar nicht gut gehe und dass sie sich morgen ins Inselspital begeben müsse, um sich übermorgen einen Tumor entfernen zu lassen, nachdem die Chemotherapie nach der ersten Operation offenbar nichts genützt habe.

Eduard wünschte ihr dazu alles Gute, sagte, er werde an sie denken und ihr den Daumen drücken, und nachdem er den Hörer aufgelegt hatte, schrieb er sich einen Zettel »Do. Alice Blumenstrauß« und legte ihn auf seinen Schreibtisch. Heute war Montag, Donnerstag wäre der erste Tag nach der Operation.

Dann dachte er an seine Cousins und Cousinen, neun waren es insgesamt, und sie waren, wie er feststellte, allesamt in seinem Adressbüchlein eingetragen, zwei waren schon gestorben, aber ihre Adressen waren immer noch drin. Er strich sie durch und setzte ein Kreuzlein davor. Man hatte sich eigentlich immer nur bei den Beerdigungen und Trauerfeiern gesehen; dort fiel gelegentlich der Satz, wieso man sich eigentlich nur treffe, wenn jemand sterbe, man könnte doch auch sonst einmal etwas zusammen machen, und daraufhin passierte gar nichts.

Dass sich Alice über seinen Anruf gefreut hatte, der offenbar in einem wichtigen Moment gekommen war, freute Eduard seinerseits und gab ihm das Gefühl einer gewissen Genugtuung, ähnlich demjenigen, das er jeweils nach dem Abschluss einer Arbeit empfunden hatte. Er nahm das Adressbüchlein in die Hand, ging damit auf die

Toilette und schaute nach, ob die Geburtstage der anderen Cousins und Cousinen auch eingetragen waren. Zu seiner Verwunderung waren alle drin. Das lag sicher am Familiensinn Rosemaries, die ihn dazu gedrängt haben musste, denn der Geburtstagskalender war ihre Idee gewesen. Bei dieser Gelegenheit sah er, dass der nächste Geburtstag schon in drei Tagen anstand, es handelte sich um den älteren Bruder von Rosemarie. Auf seinen Zettel schrieb er unter »Do. Alice Blumenstrauß« »Geb. Paul«.

Als er Rosemarie am Abend von seinem Anruf bei Alice erzählte, lachte sie und sagte, sie hätte nicht gedacht, dass ihr Geburtstagskalender bei Eduard noch zu Ehren käme. Und ja, der Krebs, sie lese gerade mit einer Französischklasse *Une cuillerée de bleu* von Anne Cuneo, ein Buch, in dem die Autorin ihren Kampf mit dem Krebs schildere, und die jungen Menschen seien sehr beeindruckt davon. Als sie in einer Schulstunde einmal darum gebeten habe, wer in seiner Familie ein Krebsopfer habe, solle die Hand hochhalten, hätten ausnahmslos alle die Hand erhoben. Eduard hatte den Namen der Schriftstellerin noch nie gehört – eine Schweizer Autorin, sagte Rosemarie, und sie habe den Krebs sehr lange überlebt und sei erst kürzlich daran gestorben. Dann zählten sie auf, wer in ihrem Familien- und Freundeskreis schon an Krebs gestorben war, und Eduard sagte, wenn der nächste Bettelbrief der Krebsliga in der Post liege, werde er etwas einzahlen.

Als Rosemarie am Donnerstag nach Hause kam, sagte sie als Erstes, fast hätte sie vergessen, ihrem Bruder zum Geburtstag zu gratulieren, und das werde sie nun gleich tun. Eduard lächelte und sagte, er habe ihm schon gratuliert, auch in ihrem Namen. Rosemarie reagierte etwas verärgert. »Wieso denn das?«, fragte sie. Sie habe keinen Zettel geschrieben »Geb. Paul«, antwortete Eduard, und da habe er gedacht, er mache das am besten selbst, damit es nicht vergessen gehe, und im Übrigen habe sich Paul gefreut, sie hätten ein gutes Gespräch gehabt zusammen, unter Pensionierten sozusagen, und sie könne ihn ja ruhig noch selbst anrufen. Das tat sie denn auch, aber Paul hatte kaum Zeit, er sei gerade daran, den Grill im Garten vorzubereiten, und bald kämen ein paar Gäste, die er eingeladen habe, ja, ja, es gehe ihm prima, danke für den Anruf.

»Siehst du«, sagte Eduard, »ist doch gut, dass ich ihm in Ruhe gratulieren konnte.« Rosemarie schien nicht besonders glücklich darüber. Es sei sicher gut gemeint, dennoch wäre es ihr lieber, wenn er ihren Verwandten nicht zum Geburtstag gratuliere, bevor sie es selbst getan habe.

Ein paar Tage später fragte Rosemarie, wer denn Stefanie sei, die er auf dem Geburtstagskalender für den morgigen Tag eingetragen habe. Eine Schulkameradin, entgegnete Eduard. Letzte Woche sei eine Einladung zu einer Klassenzusammenkunft gekommen, und da sei bei jedem Namen nebst der Adresse auch noch das Geburtsdatum gestanden.

»Und Stefanie war wohl dein Schulschatz?«

Eduard wurde etwas verlegen. »Ja. Mein erster. Mit acht Jahren.«

»Und du denkst, sie freut sich, wenn du ihr zum Geburtstag gratulierst?«

»Ich hoffe es.«

»Pass mir auf, Edi, alte Liebe rostet nicht.«

Beide lachten.

»Und«, fragte Rosemarie am nächsten Tag, »hat sie sich gefreut, deine Stefanie?«

»Natürlich. Eigentlich freuen sich alle, wenn man ihnen zum Geburtstag gratuliert. Sie hat ein ganz schön bewegtes Leben hinter sich.« Und er erzählte von ihren zwei Scheidungen, ihren drei Kindern vom ersten und den zweien vom zweiten Mann, ihren zwei Enkelinnen und ihrer Stelle als Ombudsfrau im Kanton St. Gallen, bis er merkte, dass Rosemarie nur mit einem halben Ohr zuhörte.

Sie war erstaunt, als sie in der Folge ein paar neue Namen auf dem Geburtstagskalender fand. Ja, sagte Eduard, das seien diejenigen Schulkameraden aus der Primarschule, an die er sich gut erinnere.

»Du meinst, Schulkameradinnen?«, spöttelte Rosemarie. Es waren fast nur Mädchennamen.

»Nicht nur. Hanspeter ist jedenfalls kein Mädchenname.«

Mit Hanspeter und Louis zusammen hatte er, als sie in der dritten Klasse waren, eine Art Geheimbund geschlossen. Er war der Nächste, dessen Geburtstag fällig war.

Als sie am Samstag aufbrechen wollten, um sich im Möbelgeschäft neue Küchenstühle anzusehen, sagte Eduard, er müsse noch schnell Hanspeter anrufen. Rosemarie, die schon im Regenmantel war, setzte sich und schaute noch etwas in die Zeitung. Nach einer Viertelstunde war sie beim Kulturteil angelangt und ging zu Eduard ins Wohnzimmer, der gerade fragte, wie der Schnellste an der Kletterstange noch mal geheißen habe in ihrer Klasse, der Kleine mit den Sommersprossen. Richtig, Schneider, das Schneiderlein hätten sie ihn doch genannt, ja, er hänge jetzt auf, er müsse auf eine Einkaufstour, und alles Gute nochmals.

Auf dem Weg zum Möbelgeschäft erzählte er Rosemarie im Bus, wie der kleine Schneider einmal beim Schulbesuch eines Kleinzoos gegen einen Affen an der Kletterstange angetreten sei und wie der Affe oben angekommen sei, bevor Schneider noch zwei Züge machen konnte, und dass er Hanspeter völlig überrascht habe mit seinem Geburtstagsanruf, worauf ihn Rosemarie fragte, ob sie nachher noch in der Fischabteilung des Delikatessenladens vorbeigehen wollten.

Ein paar Tage später zeigte ihr Eduard mit verschmitztem Lächeln einen Briefumschlag.

»Weißt du, wer mir geschrieben hat?«

»Nein, wer denn?«

»Regierungsrat Hollenweger.«

Das war sein oberster Vorgesetzter gewesen, als er noch auf dem Steueramt gearbeitet hatte.

»Und warum?«

»Ich habe ihm zum 60. Geburtstag gratuliert, und er hat sich bedankt.«

Rosemarie war baff.

»Ich meinte, du hieltest nie besonders viel von ihm.«

»Immerhin kam er zu meiner Abschiedsfeier.«

»Aber trag ihn bitte nicht in den Geburtstagskalender ein, ja?«

»Oh, das hab ich schon getan, doch wenn du willst, radier ich ihn wieder aus.«

»Ja, bitte, er gehört ja weder zur Familie noch zum Freundeskreis. Und zur Schule bist du auch nicht mit ihm gegangen.«

Am nächsten Morgen sah Rosemarie beim Blick auf den Geburtstagskalender die ausradierte Stelle. Da Eduard einen starken Bleistift benutzt hatte, war die blasse Schrift immer noch zu erkennen »B. Hollenweger Reg. rat«.

Und beim heutigen Tag stand »Edith Hirschi«.

Sie lasse Edith Hirschi grüßen, sagte Rosemarie, bevor sie ging.

»Werde ich tun!«, rief Eduard fröhlich, doch es schien ihm, die Tür falle etwas heftiger ins Schloss als sonst.

Wer denn Reto sei, fragte er Rosemarie ein paar Tage später. Er hatte den Monat Juni aufgeschlagen und dort beim 3. den Namen gefunden, der ihm gar nichts sagte. Das sei ein alter Schulfreund von ihr, entgegnete Rosemarie. Sie könne sich vorstellen, dass er sich auch freuen würde, wenn sie ihm zum Geburtstag gratuliere.

Das sei bestimmt eine gute Idee, sagte Eduard.

Einmal wollte er die langjährige Sekretärin seiner Abteilung eintragen und sah, dass das Feld schon besetzt war. »Giancarlo« stand da in so großer Schrift, dass »Marie-Josée« daneben kaum noch Platz fand. Wer Giancarlo sei, fragte er Rosemarie. Ihr Dirigent, sagte Rosemarie, die in einem Chor mitsang. Eduard war etwas erstaunt. Er habe gar nicht gewusst, dass sie per Du mit ihm sei.

Als Eduard den Namen der Stadtpräsidentin einfügen wollte, weil er überzeugt war, dass sie sich über Glückwünsche aus der Bevölkerung freuen würde, und sah, dass an diesem Tag schon »Armand F.« stand, beschloss er, sich einen eigenen Geburtstagskalender anzulegen. Er holte sich in der Papeterie einen Kalender, auf dem über jedem Monat ein anderer Geburtstagskuchen prangte, schrieb den Kalender aus der Toilette ab, allerdings ohne die Einträge seiner Frau und ohne die selbstverständlichen, die er sowieso im Kopf hatte, und versorgte ihn in der Schreibtischschublade. Wenn Rosemarie jeweils gegangen war, zog er ihn heraus, schaute nach, welcher Geburtstag nächstens bevorstand, überlegte sich, ob ein Brief oder ein Telefonanruf angemessener sei, und versicherte sich, dass er die Telefonnummer oder die entsprechende Adresse besaß. Nach dem Brief des Regierungsrats hatte er damit begonnen, den Mitgliedern der Kantonsregierung, aber auch denjenigen der Landesregierung zum Geburtstag zu gratulieren. Diese Menschen, sagte er einmal zu Rosemarie, seien viel einsamer, als wir es uns vorstellten, gerade weil sie ständig von anderen Menschen umringt seien, die ja nur an ihnen als Amtsträger interessiert seien. Er hatte ihr den Dankesbrief eines Bundesrats gezeigt. Das sei doch ein unverbindlicher Floskeltext, bei dem nur der Name des

Adressaten ausgewechselt werden müsse, meinte Rosemarie, worauf Eduard sagte, immerhin seien seine Geburtstagswünsche angekommen.

Wie es eigentlich seiner Tonträgersammlung gehe, fragte sie ihn daraufhin.

Er habe sich, sagte Eduard, für eine alphabetische Lösung entschieden und sei jetzt beim Buchstaben B, der natürlich mit Namen wie Bach, Beethoven und Brahms stärker bestückt sei als A. Mit den Oboenkonzerten von Albinoni sei er ziemlich rasch durch gewesen, obwohl er sich schwer getan habe, die zwei Kassetten wegzuwerfen, die er auch als CD habe. Er wisse nur noch nicht, ob er bei Bach die Reihenfolge nach dem Bach-Werke-Verzeichnis oder ebenfalls nach Alphabet machen solle, je nachdem kämen dann die Brandenburgischen Konzerte vor allen Kantaten, was zwar einfacher wäre, aber chronologisch nicht stimmen würde. Nein, nein, ihre französischen Chansons werde er nicht anrühren, das sei ja so abgemacht.

Tatsache war jedoch, dass seine Hauptsorgfalt immer weniger dem Ordnen seiner Tonträger galt, sondern vielmehr dem Verfassen von Geburtstagsbriefen. Eine Verbindung der beiden Gebiete ergab sich allerdings dadurch, dass er begann, auch berühmte Solisten in seine Geburtstagspost einzubeziehen. Gerade bei diesen Menschen war es nicht einfach, eine Adresse herauszufinden, unter welcher sie erreichbar waren, und er schickte dann hin und wieder eine E-Mail an ihre Agentur mit der Bitte um Weiterleitung, obwohl ihm das eigentlich zu formlos vorkam.

Wichtig waren ihm auch die Formulierungen. Gerade seit Rosemarie den Bundesrat eines Normbriefs verdächtigt hatte, bemühte er sich, seine Briefe nicht immer gleich zu gestalten. Schon der Anfangssatz »Sie wundern sich vielleicht, von einem unbekannten Menschen einen Brief zu erhalten« ließ viele Modulationen zu wie »Es erstaunt

Sie vielleicht …«, »Es mag Sie erstaunen …«, »Bestimmt verwundert es Sie, dass …«, »Sie fragen sich möglicherweise …«, und wenn er zu den Wünschen kam, bemühte er sich stets, über »alles Gute« hinauszugehen, indem er etwa einem Regierenden schrieb, er wünsche ihm weiterhin viel Freude bei der sicher nicht immer leichten Arbeit. Bei der Gratulation für den Wirtschaftsminister des Landes fügte er nach einem ähnlichen Satz in Klammern die etwas gewagte Ergänzung hinzu: »Ich war dreißig Jahre lang Steuerbeamter und weiß, wovon ich spreche.« Der Entschluss, diese Klammer anzufügen, hatte ihn fast einen Nachmittag gekostet. Mal kam es ihm anbiedernd vor, dann fand er wieder, gerade diese persönliche Notiz könnte dem Minister gefallen.

Eher leichter fiel es ihm, Bezüge zur Tätigkeit der Solisten oder Solistinnen einzuflechten. »Mögen Sie sich weiterhin so leichtfüßig durch das Weltrepertoire spielen wie bisher«, schrieb er einer Geigerin, die bei ihren Konzerten barfuß auftrat, um ihre Verbundenheit mit der Erde zu zeigen, oder einem berühmten Pianisten wünschte er »das Glück, noch oft das Klavierkonzert KV 595 von Mozart so meisterhaft aufführen zu können wie auf Ihrer CD mit den Wiener Philharmonikern, die meine Plattensammlung krönt«.

Zu seinem Erstaunen bedankten sich die meisten der Angeschriebenen für seine Wünsche, was er Rosemarie jeweils mit einer gewissen Feierlichkeit mitteilte. »Weißt du, wer mir heute geschrieben hat?«, pflegte er sie dann zu fragen, und als sie einmal mit einem Scherz antwortete: »Der heilige Sebastian?«, sagte er leicht pikiert: »Der Bundespräsident«, und hielt ihr den Umschlag hin, auf dem neben seinem Namen, Eduard Frehner, und seiner Adresse als Absender unter einem Schweizer Wappen in Prägeschrift stand »Der Bundespräsident der Schweizerischen

Eidgenossenschaft«. Rosemarie zeigte sich weniger beeindruckt, als sich Eduard das gewünscht hätte.

»Na«, sagte sie bloß, »da hast du dir ja einen neuen Beruf ausgewählt.«

»Was für einen?«

»Gratulant.«

Eduard lachte.

»Ich bin erst in der Ausbildung.«

»Und wann machst du dein Gesellenstück?«

Rosemaries Frage, so ironisch sie klang, ging Eduard so lange nach, bis er eine Antwort darauf gefunden hatte.

Sein Gesellenstück sollte ein Geburtstagsbrief für den Papst werden, und er wollte seine Frau damit überraschen. Das Spötteln würde ihr bestimmt vergehen, wenn er ihr eine Antwort direkt vom Heiligen Stuhl vorweisen konnte.

Als er diesen Vorsatz fasste, war es Anfang Dezember, deshalb musste er sich sputen, denn Papst Franziskus hatte am 17. Dezember Geburtstag. Es galt, Entscheide zu fällen, etwa, in welcher Sprache er den Brief schreiben sollte. Er beschloss, ihn zuerst auf Deutsch abzufassen, dann ins Italienische zu übersetzen, so gut er konnte, und ihn danach einer Schulkollegin aus der Gymnasialzeit vorzulegen, die Italienischlehrerin geworden war. Die Frage der richtigen Anrede war die erste Knacknuss. »Ihre Heiligkeit«? »Sua santità«? Oder einfach »Lieber Papst Franziskus«? »Caro Papa Francesco«? Oder sogar »Mein lieber Papst Franziskus«? Das entspräche vielleicht der volkstümlichen Art des Pontifex, der sich gerne als ganz normaler Mensch gab. Aber Eduard war ja gar nicht katholisch. Oder mindestens »Verehrter …«? Ob er ihn wirklich verehrte, war zweitrangig, es ging um die richtige Form. Oder alles zusammen, »Ihre Heiligkeit, verehrter, lieber Papst Franziskus?« Und was wünschte man einem Würdenträger wie ihm? »Viel Freude bei der sicher nicht immer leichten Arbeit«? Das klang eher etwas zu weltlich. »Möge Gott Ihnen beistehen, die Fülle der Verantwortung Ihres großen Amtes zu tragen«? Nicht nur, dass Eduard nicht katholisch war, er glaubte nicht einmal an Gott. Doch hier ging es um das, was der Papst glaubte. Er würde den Präsidenten der katholischen Kirchgemeinde anrufen, der einige Male wegen der Steuern bei ihm gewesen war, vielleicht konnte der ihn beraten. Auch die korrekte Adresse musste herausgefunden werden, »Papa Francesco, Città del Vaticano« würde wohl nicht ganz genügen, damit der Brief wirklich ernst genommen wurde.

Als er nach drei Tagen intensiver Arbeit und verschiedensten Telefonaten und E-Mails das Gratulationsschreiben am frühen Abend ins Reine schrieb, klingelte das Telefon.

Es war Rosemarie, die ihm sagte, sie sei mit Reto in einem Restaurant in Chur, sie seien gerade beim Apero, und sie wisse nicht, ob sie noch nach Hause komme.

Eduard erschrak.

»Mit Reto?«

»Ja. Er hat mich eingeladen.«

»Aha. Wie kommt er denn dazu?«

»Er möchte mir gratulieren. Ich habe heute Geburtstag.«

Root Leeb

Kreise und Wünsche

1. Größe

Als Kind hatte sie nahezu ununterbrochen die Geschichten von Pumuckl gehört. Dass der kleine Kobold geburzt war, hatte sie sehr belustigt. Es klang für sie wie gepurzt, eine Mischung aus *gepurzelt und gepfurzt*. Sehr klein musste er gewesen sein, und entsprechend leicht war sicher auch seine Geburt. Und der Pumuckl war ja auch wirklich witzig, lustig und ein bisschen frech. Das hatte ihr gefallen. Dass es wohl auch für seine Mutter ein eher vergnügliches Unterfangen gewesen war, das Ganze, kam ihr dann erst später in den Sinn, als sie in das Alter kam, in dem sie sich eigene Kinder vorstellen konnte.

Noch später, während ihrer ersten Schwangerschaft, erträumte sie sich ein ähnliches Erlebnis. Sie würde zwar das Kind alleine aufziehen müssen, der Vater war schon am Morgen nach der einzigen Liebesnacht verdunstet, aber das störte sie nicht weiter. Nur wünschte sie sich, da sie selbst nicht besonders groß war, dass sie nicht zu rund und schwerfällig werden würde. Und ein zierliches Kind, dachte sie, würde einfach besser zu ihr passen als irgendein Koloss. Sie musste wieder an den Pumuckl denken.

Und dann kam es tatsächlich so. Ein sehr kleines Bäuchlein während der Schwangerschaft, die Ärzte versicherten ihr jedoch bei jeder Untersuchung, dass alles bestens und in Ordnung sei, und sie fühlte sich wohl. Also noch schöner, als sie es erträumt hatte. Das Baby kam dann etwas zu früh, ihr wurde kurz ein wenig schwindelig, schwups war es da, und als die Hebamme ihr das Kleine entgegenhielt, sah sie, dass es ein Junge war.

Er war sehr klein, doch quietschfidel, lachte mit einem sehr großen Mund und breitete gleich die Arme nach ihr aus. Das fand sie lustig und war überzeugt, dass aus ihrem

Sprössling etwas ganz Großes werden würde. Und als sie ihm das in jungen Jahren einmal sagte, schnitt er eine Grimasse und antwortete erschrocken, denkst du, dass ich ein Elefant werde? Nein, sagte sie und strich ihm beruhigend über den Kopf. Größe muss man jemandem nicht gleich ansehen. Sein Gesicht glättete sich. Also auch keine Giraffe, kein Hochhaus und kein Eiffelturm, dachte er (das waren die größten Dinge, die er sich mit sieben Jahren vorstellen konnte, und dass Dinosaurier schon ausgestorben waren, wusste er). Erleichtert lebte er weiter.

Der Kleine wurde also größer, hatte bisher wie erwartet alle Stationen durchlaufen, in der richtigen Reihenfolge und in der dafür veranschlagten Zeit: Krabbeln, Laufen, erste Zähne, Schule, zweite Zähne, weiterhin Schule, er war immer einer der Besten, liebte Musik, Theater, machte gerne Späße und dachte mit zunehmendem Alter viel nach, vor allem darüber, was er werden wollte, um etwas wirklich Großes zu sein.

Eines Tages fragte er seine Mutter schüchtern, ob er groß sein sollte, um ihr Mann zu sein. Nein, sagte sie wieder, diesmal gerührt, und umarmte ihn. Du sollst nicht für mich groß sein. Nur für dich. Das wird der Rest der Welt dann merken, und ich auch.

In den folgenden Jahren schwankte er zwischen Stelzengeher, Leuchtturmwärter oder vielleicht doch Sanitäter – oder sogar Arzt? Menschenleben retten war doch sicher das Größte? Oder, dachte er weiter, womöglich war es das Allergrößte, sein eigenes Leben hinzugeben? Dann wäre Märtyrer das Richtige. Als er mit seiner Mutter darüber sprach, drückte die ihn entsetzt an sich. Bitte versprich mir, dass du nie wieder einen Gedanken in diese Richtung verschwendest. Er versprach es sofort, irgendwie hatte ihm die Idee ohnehin nicht besonders gut gefallen.

Als junger Mann begann er Frauen zu lieben und wurde von ihnen wiedergeliebt. Er hatte ein ausdrucksvolles und ansprechendes Gesicht, einen vielleicht ein wenig zu breiten Mund, aber vielleicht machte genau der sein Lächeln so unwiderstehlich. Er hatte nicht verlernt, Späße zu machen, ja sogar seine Fähigkeiten auf diesem Gebiet noch ausgebaut, und er konnte die Augenbrauen runzeln und seine Stirn in Falten legen, sodass er von jetzt auf gleich wie ein alter Mann aussah und alle zum Lachen brachte. Überhaupt konnte er schnell andere Leute erheitern.

Vielleicht lag bei den Frauen die Möglichkeit zur Größe? Seine Mutter antwortete nicht, fand, dass er jetzt alt genug sei, und ließ ihn selbst suchen.

Und er suchte. Je länger er nachdachte, umso mehr hatte er das Gefühl, er sei bei seiner Geburt in einen Kreis gesprungen (natürlich wusste er, dass von *gesprungen* genau genommen nicht die Rede sein konnte, eher von *geschoben*, oder wie seine Mutter ihm lachend erzählt hatte, von *gepurzelt*); er war also in einem Kreis gelandet, in dem es nur eine Richtung gab und keinen Ausgang – außer dem finalen, der einen dann in eine andere Ebene katapultieren würde. Wie sollte er also jetzt wissen, wo das enden würde und ob er es je schaffen würde, jemand Großer zu sein.

Er verabschiedete sich von seiner Mutter und ging erst einmal auf Reisen. Er blieb lange weg. Machte mal dies und dann das. Mit seinem ansprechenden Gesicht, diversen Fertigkeiten wie Jonglieren, Feuerschlucken und einigen Zaubertricks, die er auf öffentlichen Plätzen, in Fußgängerzonen und Parks aufführte, konnte er genug Geld verdienen, um sich durchzubringen.

Er zog von Stadt zu Stadt, die Welt um ihn herum gefiel ihm nicht besonders, er war ein bisschen enttäuscht, weil er nicht fand, wonach er suchte, ja, weil er ja nicht einmal genau wusste, wonach er suchte. Er wollte mittlerweile einfach nur ein gutes Leben.

Vor lauter Grübeln hätte er beinahe übersehen, dass es eine Frau gab, die ihn wirklich liebte und die ihm unauffällig nachreiste. Er hatte eine kurze Affäre mit ihr in einer der ersten Städte gehabt und sie dann da und dort wieder getroffen, immer, wie er glaubte, zufällig. Bis sie ihm dann einmal nach einer Vorstellung gestand, dass sie ihn liebe und ohne ihn nicht mehr leben wolle. Er war gerührt und auch glücklich, weil sie klug und schön war. Ab da reisten sie zusammen und traten gemeinsam auf. Sie hatte eine sehr gute Stimme, voll und tragend, und brachte ihm ein paar Lieder bei und er ihr im Gegenzug akrobatische Kunststücke, die sie als Paar aufführen konnten.

Sie wanderten viel in den verschiedensten Gegenden herum, und irgendwann erzählte er ihr vom Wunschtraum seiner Mutter, der mit den Jahren unmerklich auch sein eigener geworden war.

Nur habe er nicht herausfinden können, in welcher Richtung er nach Erfüllung suchen sollte, gestand er seiner Gefährtin, und deshalb sei er auf Reisen gegangen. Und mittlerweile denke er, dass es einfach schön sei, andere zum Lachen zu bringen und sie, seine Liebste, zu lieben, und dass er gar nicht mehr weitersuchen wolle.

Das, denke sie, sei auch nicht mehr nötig, antwortete seine Geliebte, die, wie gesagt, klug war. Sie sollten erst einmal dieses Unterwegssein und die gemeinsame Zeit genießen, dann würden sie schon sehen.

Als sie nach Jahren von ihrer Reise zurückkehrten, waren sie zu dritt, seine Liebste hatte in der Zwischenzeit ein Mädchen geboren, und er wollte unbedingt seine Mutter wiedersehen und ihr seine beiden Liebsten vorstellen – und ihr auch beichten, dass er die Suche nach einer besonderen Größe aufgegeben habe. Er hatte trotz aller Bemühungen einfach nichts finden können.

Er trommelte alle Bekannten von früher, Freunde und Freundinnen auf einem großen Platz zusammen, wie überall in den anderen Städten auch blieben viele Passanten aus Neugier stehen, um zu sehen, was es da so Besonderes gab. Seine Mutter hatte eine Art Ehrenplatz (auf einem alten Sessel, den ein Freund angeschleppt hatte) eingenommen und strahlte, als er begann zu jonglieren und seine Frau mit dem kleinen Mädchen im Arm erst hin und her wippte und dann mit klarer, lauter Stimme ihre Lieder sang. Sie führten alles auf, was sie im Programm hatten, von Feuerschlucken bis zu Seiltanz und Musik.

Als am Ende der Hut herumgereicht wurde, hatte die Mutter leuchtende Augen. Du bist der Größte, der Allergrößte, ich wusste es – und jetzt seid ihr auch noch zu zweit, nein, zu dritt mit eurer Kleinen! Bestimmt wird etwas Großes aus ihr.

Oh, bitte das nicht, lachte der Sohn und nahm sie glücklich in den Arm.

2. Wunsch

Als Noemi fünf Jahre alt wurde, bemerkte sie zum ersten Mal, dass ihr Großvater am gleichen Tag Geburtstag hatte und gefeiert werden sollte. Er war eigentlich ihr Urgroßvater, aber in Ermangelung eines Großvaters (der war schon früh verstorben) nannte die ganze Familie ihn Opa.

Noemi mochte ihn eigentlich ganz gut leiden, aber dass er jetzt an *ihrem* Geburtstag auch seinen feiern wollte, ärgerte sie.

Dabei wollte er das gar nicht. Er hatte bisher immer auf Geburtstagsfeiern verzichtet, weil sie ihm nur überflüssig und lästig vorkamen, zumal seine Frau auch nicht mehr lebte. Aber diesmal, weil es ein besonderer war, nämlich sein fünfundachtzigster, bestanden alle seine übrig gebliebenen und nachgeborenen »Lieben« auf einem Fest. Er konnte alle Argumente ins Feld führen, sie wurden von seinem jüngsten Enkel und dessen Frau, den Eltern von Noemi, sofort hinweggewischt. Sie würden alles organisieren, die Einladungen übernehmen und das Ganze bei sich zu Hause veranstalten. Und genau das war es, was Noemi so ärgerte.

»Es wird die letzte gemeinsame Feier von Opa und dir sein«, beruhigte die Mutter sie. »Im nächsten Jahr, wenn du in die Schule gehst, machen wir ein Fest ganz alleine für dich und alle aus deiner Klasse, die du einladen willst. Der Opa feiert seinen Geburtstag sowieso nicht gerne, wir können ihn dann genauso gut am nächsten Tag besuchen.«

Noemi überlegte und wusste nicht so recht. Das war alles noch so weit weg und daher nahezu unvorstellbar. Sie runzelte die Stirn und ging in ihr Zimmer.

Dann kam der große Tag.

Noemi hatte am Vormittag ein paar Kinder aus dem Kindergarten einladen dürfen, es gab Kuchen und Spiele und wäre eigentlich ganz schön gewesen, wenn die Eltern und die anderen angereisten Verwandten nicht so nervös gewesen wären wegen des Festes am Nachmittag für den Großvater. So geriet alles ein wenig gehetzt und erschien den Kindern, allen voran Noemi, viel zu kurz.

Die Kinder wurden zum Mittagessen wieder von ihren Eltern abgeholt, und nach einem kurzen, herzlichen Abschied wurde, als die Letzten gegangen waren, gleich aufgeräumt, die Tische wurden umgestellt und neu eingedeckt. Blumen in mehreren kleinen Vasen wurden verteilt, und der Tisch, auf dem Noemis Geschenke lagen, musste für den Opa freigeräumt werden. »Du kannst sie ja erst einmal in deinem Zimmer aufstellen, morgen schauen wir sie uns dann gemeinsam noch einmal in Ruhe an«, sagte die Mutter und schob Noemi sanft in Richtung des Tisches. Zwar hatte der Großvater mehrmals verlauten lassen, dass er keine Geschenke wünsche – aber man wisse ja aus Erfahrung, dass das nichts nütze und doch immer einiges ankomme, meinte sie augenzwinkernd zu ihrem Mann.

Eine halbe Stunde vor der angegebenen Zeit stand der Opa sehr feierlich mit seinem Chauffeur, dem ältesten Urenkel, vor der Tür. Er wolle seine Gäste selbst begrüßen, sagte er, und sich vorher noch ein Gläschen genehmigen. Das wurde ihm auch gleich gebracht, und er sah sich das geschmückte Haus interessiert und auch ein wenig belustigt an.

Und dann kamen alle, wirklich alle, die mit dem Großvater verwandt waren oder ihn irgendwoher kannten, um seinen Geburtstag mit ihm zu feiern. Man wusste ja nie, ob es nicht vielleicht sein letzter sein würde. Es waren viele Gäste. Die Jüngsten waren noch kleiner als Noemi, die

Ältesten nur wenig jünger als der Opa. Alle wurden vom Jubilar persönlich begrüßt. An Noemis Geburtstag schien sich im allgemeinen Trubel niemand zu erinnern.

Das Fest begann mit Kaffee und Kuchen und sollte dann nach einer kleinen Ansprache des Großvaters und kurzen Beiträgen einiger Verwandter, wie auch von deren Kindern, in ein frühes Abendessen übergehen.

Der Gabentisch füllte sich zunehmend, denn es hatten doch alle Geschenke mitgebracht – Rosen, Rasierwasser, ja ein neuer Rasierpinsel mit echtem Dachshaar war dabei, in durchsichtige Folie verpackt, diverse Weinflaschen, ein Gutschein für einen Konzertbesuch und tausenderlei in den Augen des Jubilars Unsinniges und Überflüssiges. Irgendwie schienen die Gratulanten ein schlechtes Gewissen zu haben, denn kaum jemand gab dem Großvater das Geschenk direkt in die Hand, sondern alle zogen es vor, es auf dem dafür vorgesehenen Tisch abzulegen.

Der Opa gab vor, den wachsenden Berg auf dem Tisch nicht zu sehen, was ihm erlaubte, nichts zu sagen und niemandem gegenüber heucheln zu müssen. Würdevoll ging er als Erster zu seinem Platz an der Stirnseite der festlich gedeckten Tafel.

Noch während man Kaffee trank und die Kuchen herumgereicht wurden, erhob sich der Großvater, um sich bei allen für ihr Kommen zu bedanken und zu versichern, dass es ihm eine große Freude sei, mit ihnen allen diesen besonderen Geburtstag zu feiern.

Dann traten die ersten Gäste vor, um ihre zum Teil in Reime gefassten Glückwünsche vorzutragen. *Gesundheit* kam natürlich immer an erster Stelle, gefolgt von *Glück*, viele *gute Erlebnisse* …, und manche verstiegen sich sogar dazu, ihm *viele glückliche Jahre* zu wünschen. Der nach jedem Beitrag ausbrechende Applaus galt sowohl den Gratulanten als auch dem Jubilar. Als alle Reden gehalten waren und ein paar Frauen mit einer Gruppe von Kindern noch ein mehrstrophiges Lied zum Besten gegeben hatten, brauste erst lang anhaltender Beifall begleitet von Jubelrufen auf, dann wurde es ruhig.

Da erhob sich zu aller Erstaunen Noemi und stellte mit Mühe ihren Stuhl auf den Tisch. Ein Onkel eilte bereitwillig herbei und half ihr hinaufzuklettern. »Ich will auch was sagen«, erklärte sie lächelnd ihrer Umgebung. Jetzt war sie die Größte. Jemand klopfte an sein Glas, um ihr Aufmerksamkeit zu verschaffen, und alle schauten erwartungsvoll zu ihr hoch. Dann ging alles sehr schnell, sie räusperte sich kurz und rief laut: »Ich habe einen Wunsch für dich, Opa. Ich wünsche dir, dass du tot bist!« In die plötzliche Stille, die fast wie ein Knall wirkte, wiederholte sie noch einmal: »Ja, du sollst tot sein.«

Die Eltern wurden leichenblass, das war ein Albtraum, sie wünschten, die Erde möge sich auftun. Was natürlich nicht geschah. Es geschah gar nichts. Noemi stieg wieder vom Stuhl, ernst und konzentriert, kletterte vom Tisch, diesmal allein, nahm ihren Stuhl und setzte sich. Alle waren wie gelähmt. Nur der Großvater, der eigentlich Urgroßvater war, lächelte, stand auf, ging um den Tisch und legte Noemi, die nun doch wie alle anderen die Luft anhielt, die Hand auf den Kopf. »Ich danke dir, meine Liebe«, sagte er, »für deinen guten und klugen Wunsch. Ich weiß, er wird als einziger mit Sicherheit in Erfüllung gehen. Über den Zeitpunkt können wir beide ja vielleicht noch verhandeln.«

3. Sehnsucht

Der Vater hatte sie eigentlich Acer nennen wollen. Aber das war zum einen nicht besonders originell (sein Laptop hieß so), und zum anderen hätte genau dieser Name unmöglich gemacht, was er ihr unbedingt zur Geburt als Geschenk machen wollte: eine Online-Identität, die ihr den ersten Platz bei jeder Suchmaschine und eine strahlende Karriere sichern sollte. So war also genau dieser Name schon besetzt. Seine Frau hatte dann die Idee mit der Verkleinerung, dem …lit, damit auch jeder gleich wisse, argumentierte sie, dass es sich noch um ein kleines Kind handele. Später könne Acerlit dann ja entscheiden, ob sie die Endung variieren wolle.

Die Eltern hatten Acerlit zudem schon ihr Profil in sämtlichen sozialen Netzwerken gesichert und eine international gültige Webadresse gekauft: www.acerlit.com. Zufrieden betrachteten sie ihre Kleine. Sie war ein hübsches Baby, fast wie aus einem Wunschkatalog, mit seidenweichen Haaren, Grübchen in den Wangen und neugierigen großen Augen. Im Mondschein, der auf ihr kleines Gesicht fiel, glänzte sie silbern.

»Du wirst ein wunderschönes Leben haben«, flüsterte der Vater ihr ins Ohr und küsste sie. »Weißt du, wir sind der Zeit voraus, und du mit uns. Wir haben für alles vorgesorgt.«

Ihr erster Geburtstag wurde groß auf allen sozialen Netzwerken gefeiert. Es gab ein virtuelles Feuerwerk ihr zu Ehren, und sie winkte mit kleinen Händchen hinter einer großen Torte mit einer einzigen Kerze in leuchtendem Rosa den zahlreichen Besuchern zu. Fast alle schenkten ihr ein Like, und als sie schließlich in ihrem realen Bettchen einschlief, gratulierten sich die Eltern zu diesem gelungenen Auftritt.

Im Laufe der folgenden Jahre wuchs die Anzahl von Acerlits virtuellen Kontakten, doch sie schien davon nicht besonders beeindruckt zu sein. Noch nicht.

Die Eltern hatten sich für Englisch als Familiensprache entschieden, und zunehmend flatterten diverse Zeitschriften durchs Haus, die sowohl einfache, kindgerechte Computerspiele anpriesen, Neuerungen im Techniksektor, vor allem bei intelligenten Haushaltsgeräten, besprachen sowie komplexe Computeranwendungen erklärten. Acerlit entwickelte sich prächtig. Die Vorsorgeuntersuchungen für Kleinkinder konnten sie und ihre Eltern sich sparen, denn bereits kurz nach der Geburt hatte sie einen winzigen Chip in den linken Arm transplantiert bekommen, der regelmäßig alle wichtigen Daten an das für sie zuständige Ärztezentrum weiterleitete. Größe, Gewicht, Kinderkrankheiten, kleine Verletzungen, alles wurde registriert, umgehend via Internet beurteilt und Handlungsempfehlungen mitgeteilt. Nur für Impfungen und Augenkontrolle sowie einen Hörtest musste sie einmal persönlich erscheinen.

Aber da es keine Probleme gab, blieb es bei dieser einmaligen Vorstellung.

Zur Einschulung bekam Acerlit ihr erstes eigenes Smartphone, in Pink mit auswechselbarem Tieremblem, das man wie einen Sticker einfach aufkleben konnte. Sie entschied sich für einen Kolibri, weil sie seine schwirrende Art zu fliegen und auch seine Art, an Blüten zu saugen, schön fand. Das hatte sie in einem Film auf YouTube gesehen. Außerdem glänzte das Vögelchen metallisch und sah sehr kostbar aus. In jeder Klasse gehörte Acerlit zu den Besten, woran bestimmt auch ihre mittlerweile sehr guten Englischkenntnisse sowie ihr selbstverständlicher, spielerischer Umgang mit elektronischen Medien ihren Anteil hatten. Nur in praktischen kleinen Projekten, die die Lehrerin mit den Kindern unternahm, etwa beim gemeinsamen Backen eines Apfelkuchens, fiel Acerlit auf, als sie zum Erstaunen aller vorschlug, doch einfach die Zutaten für den Teig in den Computer einzugeben, dann *plus Äpfel* und zum Schluss auf *Ergebnis* zu drücken – und schon hätte man den fertigen Apfelkuchen. Die Lehrerin, die nicht wusste, dass die Mutter einmal etwas Ähnliches mit Acerlit gemacht hatte und ihr im Anschluss ein gekauftes Stück Kuchen als »Resultat« in die Hand gedrückt hatte, schmunzelte zunächst und versuchte dann den Unterschied zwischen den beiden Vorgängen zu erklären.

Acerlit fand die meisten Kinder in ihrer Umgebung etwas eigenartig und vor allem langweilig. Die meisten hatten einfach keine Ahnung vom Leben, fand sie und beschäftigte sich zunehmend alleine mit ihren mittlerweile zahlreichen elektronischen Geräten. Ihre Eltern versuchten, nicht nur mit ihr Schritt zu halten, sondern ihr auch immer etwas voraus zu sein, damit sie rechtzeitig eine Neuanschaffung tätigen oder Acerlit zu etwas raten oder ihr etwas erklären konnten. Das gab ihnen ein gewisses Gefühl von Gebrauchtwerden und – interessanterweise – auch von Jugendlichkeit. Sie genossen unbeschwert die Neuerungen der Technik, trugen selbst Smartwatches und diverse Messgeräte am Körper und schwelgten in Fantasien über zukünftige Möglichkeiten.

Als Acerlit in die Pubertät kam, änderte sich langsam das Verhältnis zu ihren Klassenkameraden. Sie war ein schlankes, großes Mädchen geworden, mit ebenmäßigem, hübschem Gesicht. Aber nicht nur deshalb hatte sie mittlerweile viele Freunde und Freundinnen, sondern vor allem, weil die sie auch wegen ihrer Versiertheit in Computerfragen und ihrer Sammlung von hochwertigen und interessanten Geräten bewunderten. Und sie hatte eine noch größere Zahl von Freunden in ihrem sozialen Netzwerk. Dieser Status wurde für sie jetzt immer wichtiger und die

Grundlage für viele Gespräche, vornehmlich Selbstdarstellungen, in der realen Welt.

Und mit fünfzehn, fast pünktlich zum Geburtstag, bekam sie etwas ganz Neues: einen Hautausschlag, der sich zunächst nur in kleinen Pusteln am linken Arm zeigte und der, da keinerlei Nachricht des Therapiezentrums eintraf, erst einmal von ihr ignoriert wurde. Und von den Eltern, die das für ein Aufblühen jugendlicher Akne hielten, auch. Erst als die Pusteln größer wurden und anfingen zu schmerzen, sich zudem über den ganzen Körper ausbreiteten und Acerlit zu jammern begann, nahmen die Eltern Kontakt mit den für Acerlit zuständigen Ärzten auf.

Das Ergebnis war niederschmetternd: Die Ärzte hatten keine Erklärung. Nicht einmal dafür, dass der Ausschlag auf keiner der Übertragungsbahnen gemeldet worden war. Eine Untersuchung des Chips in ihrem Arm zeigte, dass er in einwandfreiem Zustand war. Sicherheitshalber spritzte man Acerlit einen Mikroroboter in die Blutbahn, um alle drohenden Veränderungen im Körper sofort zu entdecken. Zusätzlich sollte sie – nur prophylaktisch – ein bestimmtes Medikament einnehmen und eine Woche später wieder persönlich vorbeischauen. Das war ungewöhnlich und machte die Eltern unruhig, ja sogar ein wenig misstrauisch.

Sie versuchten sich im Internet zu informieren, mit wenig Erfolg. Alles, was sie zu lesen bekamen, waren vage Beschreibungen von ähnlichen Erkrankungen und noch vagere Möglichkeiten, etwas dagegen zu unternehmen.

Acerlit machte Scans von ihrer Haut, stellte Vergrößerungen der einzelnen Pusteln ins Netz und fragte dringend in allen Foren und Blogs, ob jemand dieses Erscheinungsbild kenne und wisse, was helfen könnte.

Es kamen mehr als tausend einfühlsame Kommentare sowie Berichte von Gehörtem und Erzähltem, aber niemand hatte diese Krankheit selbst gehabt oder bei anderen miterlebt, und so war kein einziger Beitrag hilfreich.

Dann kam eine Nachricht von ihrem Ärztezentrum. Die übertragenen Daten und Bilder ihrer Knochen würden Anlass zu Sorge geben, und auch einzelne Blutwerte lägen nicht mehr im Normbereich. Tatsächlich fühlte Acerlit seit einiger Zeit, dass sie zunehmend steifer wurde, und war dankbar für den Hinweis, der sie von der Vorstellung befreite, sich das nur einzubilden.

In den darauffolgenden Jahren ließ sie mehrere mikroinvasive Eingriffe über sich ergehen, die die Beweglichkeit, vor allem ihrer Knie- und Armgelenke, wiederherstellen sollten. Mittlerweile konnte sie nämlich nur noch ruckartig und unter Schmerzen laufen, greifen und den Arm abbiegen. Nach den Operationen ließen die Schmerzen immer für eine Weile nach, aber die ruckartigen Bewegungsabfolgen blieben. Trotzdem pflegte sie weiterhin tapfer all ihre virtuellen Kontakte, da sie in der realen Welt kaum Besuch bekam. Allerdings war sie in der Schule mittlerweile zum Star aufgestiegen, da ihre elektronischen Lernprogramme ihr in allen Fächern einen großen Vorsprung verschafften (zumal viele dieser Programme, die ihre Lehrer nicht kannten, auch Prüfungsaufgaben und deren Lösungen enthielten). Aber da Acerlit eher ruhig und bescheiden war und zudem dieses Knochenleiden hatte, wurde sie weder beneidet noch gemobbt.

Zu ihrem achtzehnten Geburtstag bekam sie ihren eigenen kleinen Multifunktionsroboter, den sie *Help* nannte sowie eine – sehr teure – App, die es ihr ermöglichte, als Hologramm an anderen Orten zu erscheinen. Sie dachte sofort an ihren Arzt. Denn mittlerweile waren ihre Gelenke derart angegriffen, dass sie sich nur mit großer Mühe alleine bewegen konnte. Gegen den Ausschlag, der allerdings nicht mehr ihr Hauptproblem war, hatte sie eine silbrig glänzende Paste verschrieben bekommen, die sie dick auf den ganzen Körper auftragen sollte. Dadurch veränderte sich Acerlits Aussehen, und sie sah jetzt kostbar, ja fast ein wenig unnahbar aus. Erfreulicherweise half diese Salbe zugleich gegen die Gelenkschmerzen, wenn auch die Starre immer mehr zunahm.

Aber Hauptsache, sagten sich die Eltern, sie spürt keinen Schmerz.

Als sie, nahezu gelähmt, kurz vor ihrem zwanzigsten Geburtstag starb, sah ihr Gesicht sehr müde aus, aber immer noch schön, durch den silbrigen Glanz fast göttlich.

Zuvor hatte sie sich noch gewünscht, dass die Eltern auf ein virtuelles Grabmal verzichten sollten. Sie wollte endgültig und für immer tot sein. Deshalb sollten die Eltern auch alles löschen, alle ihre Spuren im Netz tilgen. Das würde sie beschäftigen, dachte sie, und ihr vielleicht zu einer tiefen, ewigen Ruhe verhelfen.

Aber da die Eltern wussten, dass sie genau diesen Wunsch nicht würden erfüllen können, versuchten sie es erst gar nicht. Stattdessen gaben sie Acerlits Tod auf allen sozialen Netzwerken bekannt und eröffneten eine Kondolenzseite mit brennender Kerze, auf der sich, wer wollte, eintragen konnte.

Sie pflegten diese Seite hingebungsvoll und beantworteten alle Eintragungen, bei denen ein entsprechender Button markiert worden war.

Von Acerlit stellten sie nach einem Foto aus glücklichen Tagen ein Hologramm her und setzten sie zu sich ins Wohnzimmer. Dort blieb sie.

»Wir haben es geschafft«, flüsterte der Vater mit unverhohlener Begeisterung seiner Frau zu. »Sie ist unsterblich.«

4. Neubeginn

»Auf gar keinen Fall mache ich so weiter wie bisher«, sagte sie zu ihrem Mann, der gleichzeitig – wie praktisch – ihr Geliebter war. »Ich werde feiern, ja, aber ich werde alles anders machen.« Ihr Geburtstag, der diesmal wieder ein runder sein würde, stand schon sichtbar an einem sehr nahen Horizont, und da sie viele Freundinnen und Freunde hatte, mit denen sie groß feiern wollte, musste sie rechtzeitig mit der Planung beginnen.

Aber – sie war schon in dem Alter, in dem man das Gefühl hat, von allem viel zu viel zu haben. Schränke, Regale, Schubladen und Fensterbänke, alles war besetzt und übervoll. Sie hatte zwar schon seit einiger Zeit angefangen zu reduzieren, Dinge auszusortieren, zu verschenken oder, wenn sich gar keine andere Möglichkeit finden ließ, auch wegzuwerfen. *Klar Schiff* machen und *Durchlüften* nannte sie das. Harte Arbeit. Das war auch der einzige Grund, warum sie manchmal in Erwägung zog, diesen Geburtstag vielleicht doch nicht zu feiern. Es würden wieder Geschenke ins Haus kommen, und gerade hatte sie die Erfahrung hinter sich, wie ungeheuer schwer es ihr fiel, sich von lieb gewordenen Gegenständen, die ja alle mit Erinnerungen verbunden waren, zu trennen, am schlimmsten, wenn es sich um Geschenke handelte. Ja, es blieben Geschenke, auch wenn sich der Staub vieler Jahre (wenn sie ihn denn gelassen hätte) schon auf ihnen niederlassen konnte.

Sie entschied sich trotz allem zu feiern. Und sie schrieb auf jede Einladung, die sie verschickte oder auch per Mail versandte, in leuchtend roten Buchstaben: *Von Geschenken bitte ich abzusehen. Allein aufgrund meines Alters. Ich habe bereits alles, was ich brauche, und sogar noch viel mehr. Waschen und parfümieren werde ich mich künftig nicht häufiger, auch essen und trinken kann ich nicht mehr als jetzt schon.* Darunter ein Grinsgesicht.

Kaum hatten sie die Einladungen erhalten, riefen sich die Freunde und Freundinnen zusammen, irritiert, ratlos, ja einige sogar aufgebracht. Das konnte man doch nicht so stehen lassen! Sie verabredeten ein Treffen. Durch vorausgegangene Feiern kannten sich die meisten, und einige waren auch miteinander befreundet. Sie begannen erst einmal zu klären, wie sie reagieren wollten, ob man alternativ vielleicht ein Spendenkonto einrichten sollte. Das kam einigen etwas geschmacklos vor, zumal die Gastgeberin mit ihrem Mann zum wohlhabenden Teil der Gesellschaft gehörte, sicher schon ihre eigenen Projekte unterstützte und man sie nicht überrumpeln oder für etwas vereinnahmen wollte, das sie womöglich nicht überzeugte. Man musste also sorgfältig planen. Es wurde viel geredet. Worte wie »Eigensinn« und »Sturheit« kamen vor sowie der Verweis auf kulturelle Bräuche, die man als Jubilarin einfach zu akzeptieren habe. Am Ende des Abends schien einiges klarer. Sie hatten einen gemeinsamen Plan für das weitere Vorgehen. Sie würden sich jetzt öfter zusammensetzen, um alles genau zu besprechen, und sie beschlossen, zum nächsten Treffen den Geliebten, also den Mann des Geburtstagskindes, einzuladen.

»Also ein Geburtstag ohne Geschenke. Das kriegen wir hin. Ja, das lässt sich machen …«, sagten sie ihm beim nächsten Treffen. Er nickte erleichtert, hatte er doch befürchtet, dass sie ihn zum Geheimnisträger von etwas machen wollten, das seiner Frau missfallen würde. Sie bestimmten ihn, vorausgesetzt er sei einverstanden, als Kontaktmann. Ihn würden sie über ihr weiteres Vorgehen auf dem Laufenden halten. Natürlich nur unter dem Versprechen der absoluten Verschwiegenheit.

Er sagte zu, gab ihnen seine geschäftliche Mailadresse sowie eine Telefonnummer der Firma, da er zu weiteren Treffen sicher nicht unauffällig würde kommen können.

Sie planten alles ganz genau. Zunächst einmal, wer für eine Woche mit der Freundin in das schön gelegene Hotel mit Wellnessangeboten und Möglichkeiten für anspruchsvolle Touren fahren sollte. Zuerst wollten sie auslosen, doch dann kamen sie zu dem Entschluss, dass das am besten ihr Geliebter, also ihr Mann, übernehmen sollte. Als Einstimmung auf das große Fest. Auf keinen Fall als Geschenk.

In dieser Phase der Vorbereitung wuchsen die Freunde und Freundinnen eng zusammen. Zwar konnten oder wollten nicht alle eingeladenen Gäste mitmachen, aber alle waren von dem Plan begeistert. So traf sich weiterhin nur der harte Kern, und bei einer der nächsten Sitzungen, es ging um die Organisation eines Lieferwagens sowie um einige Telefonnummern, sagte eine der Frauen: »Wir sollten auch einiges unter uns aufteilen. – Nur für den Fall, dass sie doch irgendetwas wieder zurückhaben will«, fügte sie schnell hinzu, als sie die empörten Blicke der anderen sah.

»Nein, Geschenk ist Geschenk. Wir nehmen nichts zurück von unserem. Heißt in diesem Fall, geben nichts zurück«, sagte eine andere. Alle nickten zustimmend.

Dann kam der große Tag. Man traf sich in einem feinen Restaurant, in das zur Feier eingeladen war, der Geliebte und gleichzeitig Mann der Jubilarin begleitete seine Liebste direkt nach der Rückreise von ihrem wunderschönen Kurzurlaub dorthin. Ja, er hatte ein wenig Mühe, sie davon abzubringen, dass sie nicht noch vorher »kurz zum Frischmachen« nach Hause fuhren. Da musste er doch ein klein wenig preisgeben von seinem so streng gehüteten Geheimnis. Er sagte ihr, dass er dort eine Überraschung für sie deponiert hätte. Misstrauisch erinnerte sie ihn, dass er doch ganz genau wüsste … Beinahe kam es zum Streit. »Ich bin mir aber sicher, dass es ganz in deinem Sinn ist. Sonst hätte ich es nicht getan«, sagte er und spielte den Traurigen. Da wurde sie weich und ging mit ihm direkt zum Empfang.

Es wurde ein sehr heiterer und entspannter Abend. Das Essen und die Getränke wurden von den Freundinnen und Freunden sehr gelobt, es war auch wirklich alles ganz wunderbar, und der Höhepunkt war der Auftritt einer frisch gegründeten Frauenband, in der ein Großteil der Freundinnen sang, alles selbst komponiert und die Texte selbst geschrieben, aber nein, sie würde die nicht in die Hand gedrückt bekommen am Schluss, wurde ihr unter Lachen versichert, die besten Erinnerungen blieben eh im Kopf, das hätten schon ganz bedeutende Menschen gesagt, nur wer genau, wollte jetzt so schlagartig niemandem einfallen, aber es war ja auch egal, denn alle waren mittlerweile leicht beschwipst …

Es war schon sehr spät, als sie aufbrachen. Ziemlich spontan beschlossen sie, alle gemeinsam die großzügige Gastgeberin mit ihrem Mann nach Hause zu begleiten. Die wollte erst nicht so recht, sagte, sie sei jetzt doch ziemlich müde, aber da sagte ihr Geliebter, der ja auch ihr Mann war, das habe etwas mit der Überraschung in ihrer Wohnung zu tun. Ach so ist das, dachte sie gerührt, er hat wohl für alle noch eine Kleinigkeit zum Absacken bereitgestellt, und drückte ihm verliebt den Arm.

Als sie mit Lachen und Gepolter in der Wohnung ankamen und das Licht anmachten, dachte sie kurz, sie wäre wohl sehr betrunken oder hätte eine plötzliche Sehstörung. Alles sah so anders aus. Sehr, sehr übersichtlich. Hell und sauber. Es gab noch einen großen Tisch mit Stühlen, an der Wand das Klavier, im Schlafzimmer das gemeinsame Bett und einen Schrank mit dem Nötigsten an Kleidung. Die Regale waren leer bis auf einige ihrer gemeinsamen Lieblingsbücher. Kommoden, Konsolen und Fensterbänke, alles glänzte in den klaren Formen der eigenen Umrisse.

Sie hielt kurz erstaunt, ja erschrocken inne, dann drehte sie sich um und sah, wie alle die Luft anhielten.

Jetzt verstand sie. Sie drückte ihren Mann, rief bewegt: »Ich danke euch, ihr Lieben«, und klatschte vor Begeisterung in die Hände.

Michael Köhlmeier

Dann bist du Ich

Dann bist du Ich

»Wann?«

»Bitte?«

»Wann?«

»Ich weiß nicht, was du meinst.«

»Was weißt du überhaupt? Ich meine damit: Was weißt du bereits?«

»Was weiß ich bereits … Ich weiß … ich weiß zum Beispiel, dass Asphalt im Großen und Ganzen eine gute Erfindung ist … soweit mir jedenfalls darüber berichtet wurde …«

»Und warum? Was ist das Gute an Asphalt?«

»Weil Asphalt eben ist … glatt … bei der letzten Fahrt. Er rattert nicht und rüttelt nicht und schüttelt einen nicht durcheinander, wie wenn man über Kies und Pflastersteine gezogen wird … so ist mir jedenfalls berichtet worden.«

»Und was weißt du sonst noch?«

»Da müsste ich nachdenken.«

»So wichtig ist es ja nicht. Und so viel Zeit haben wir auch nicht. Eigentlich brauchst du im Augenblick gar nichts zu wissen. Du wirst alles kennenlernen.«

»Alles?«

»Nein, alles nicht. Aber vieles. Wollen wir noch einmal beginnen?«

»Ja.«

»Wann?«

»Wann? Ich verstehe immer noch nicht, was du meinst.«

»Du verstehst die Frage nicht?«

»Nein.«

»Ich werde sie dir erklären. Ich muss aber etwas ausholen. Das Jahr ist rund. Verstehst du das?«

»Das verstehe ich, ja. Das heißt, ganz verstehe ich es doch nicht.«

»Rund wie ein Hula-Hoop-Reifen.«

»Aha. Das verstehe ich. Aha. Ganz so rund ist das Jahr? Tatsächlich so rund wie ein Hula-Hoop-Reifen?«

»Ganz so rund.«

»Ohne Anfang und ohne Ende?«

»Genauso, wie du sagst. Nur nicht ganz genauso. Nichts ist ganz genauso wie ein anderes. Deshalb muss man bei Vergleichen auf der Hut sein. Eines verweist auf das andere und das andere auf ein Drittes und das auf ein Viertes und so weiter, und am Schluss ist man wieder dort, wo man angefangen hat, und das kann dann ewig so weitergehen, und vor der Ewigkeit sollte man sich wirklich hüten. Die Ewigkeit ist kein gesundes Thema. Das Jahr hat einen Anfang und hat ein Ende. Der Hula-Hoop-Reifen hat keinen Anfang und kein Ende. Das ist der Unterschied.«

»Und wo ist der Anfang des Jahres?«

»Diese Frage ist ohne nähere Erklärung nicht seriös zu beantworten. Da muss ich noch weiter ausholen.«

»Haben wir so viel Zeit?«

»So viel Zeit muss sein. Denk dir einen Apfelbaum! Kannst du das? Kannst du dir einen Apfelbaum denken?«

»Vielleicht … wenn ich mich anstrenge.«

»Das brauchst du nicht.«

»Ich strenge mich aber gern an.«

»Das ist gut. Grundsätzlich ist das gut, ja.«

»Es macht mir große Freude, mich anzustrengen.«

»Das ist gut, ja. Aber die Freude, dich anzustrengen, solltest du dir noch eine Weile aufsparen.«

»Wie lange?«

»Das wirst du selbst merken. Wenn du denkst, jetzt halte ich es nicht mehr aus vor Freude, dann sollst du dich freuen, dann darfst du der Freude nachgeben.«

»Und wann soll ich mich anstrengen? Zur gleichen Zeit? Oder etwas später? Zuerst die Freude und dann die Anstrengung? Oder umgekehrt?«

»Das kommt dann ganz von allein.«

»Also soll ich mich jetzt noch nicht anstrengen, mir einen Apfelbaum auszudenken. Was soll ich tun?«

»Hör mir einfach zu.«

»Das strengt mich nicht an, habe ich recht?«

»Ein Apfelbaum ist ein Baum.«

»Das weiß ich.«

»Gut. Aber es gibt viele Bäume, viele verschiedene Bäume. Weißt du das auch?«

»Das weiß ich auch. Aber nicht so genau, nein. Fast alles weiß ich nicht so genau.«

»Eigentlich sieht kein Baum aus wie der andere. Eigentlich sind alle Bäume verschieden. Aber trotzdem tun wir so, als gäbe es nicht unendlich viele Bäume, sondern nur viele. Wir müssen so tun als ob, weil wir sonst nie auf einen grünen Zweig kommen. Wir sagen: Das ist ein Apfelbaum, das ist eine Tanne, das ist eine Birke und das ist ein Kirschbaum. Und so weiter.«

»Auch ein Apfelbaum sieht nicht aus wie ein anderer Apfelbaum?«

»Nein. Er sieht nicht genauso aus. Wenn man es genau nehmen will, sieht ein Apfelbaum nicht aus wie ein anderer Apfelbaum. Aber so genau müssen wir es nicht nehmen.«

»Wie sieht ein Apfelbaum aus?«

»Er trägt Früchte, die heißen Äpfel. Die sind rund.«

»Aber nicht so rund wie ein Hula-Hoop-Reifen, habe ich recht?«

»Da hast du recht. Woher weißt du das?«

»Das habe ich geraten.«

»Das ist sehr gut. Manchmal kommt man weiter, wenn man rät. Weiter als einer, der weiß. Wenn man rät, denkt man sich etwas aus. Man folgt der Intuition. Die trägt einen hierhin und dorthin, zurück in die Vergangenheit und voraus in die Zukunft. Das ist nicht weniger anstrengend, als wenn man etwas weiß. Du wirst eine große Freude haben, dich anzustrengen. Das ist abzusehen.«

»Aber es ist noch nicht so weit, habe ich recht?«

»Da hast du recht. Aber zurück zu unserem Apfelbaum: Da steht also der Apfelbaum, und er hat keine Blätter und auch noch keine Früchte. Es ist kalt. Aber es wird wärmer, die Tage werden wärmer und die Nächte auch. Und auf einmal treibt dein Apfelbaum aus. Ihm wachsen Blätter und Blüten an den Ästen. Dann wird es noch wärmer, aus den Blüten werden Früchte, und es wird noch wärmer, die Früchte reifen, es wird ein bisschen kälter, die Früchte fallen herunter, es wird noch kälter, vor allem in der Nacht, da werden die Blätter, die zuerst grün waren, bunt, und schließlich fallen sie ab, und am Ende steht der Apfelbaum da, wie er am Anfang dagestanden hat, nackt und kahl, und ein Jahr ist vergangen.«

»Das ist also der Unterschied zum Hula-Hoop-Reifen, der ja keinen Anfang und kein Ende hat.«

»Es gibt noch viel mehr Unterschiede, aber das ist einer, ja.«

»Der Hula-Hoop-Reifen sieht überall gleich aus, darum hat er keinen Anfang und kein Ende. Das Jahr aber sieht nicht überall gleich aus. Hab ich recht?«

»Du hast recht. Darum weiß man nicht, wo der Anfang ist bei einem Hula-Hoop-Reifen und wo das Ende, und das ist der Grund, warum wir sagen, der Hula-Hoop-Reifen hat keinen Anfang und kein Ende. Nicht weil es so ist, sondern weil wir es nicht besser wissen.«

»Das verstehe ich nicht. Ich glaube, das verstehe ich nun wirklich nicht.«

»Das ist auch nicht nötig. Das sind so Überlegungen, die kommen dem einen in den Sinn und dem anderen nicht, aber sie ändern nichts am Leben, weder beim einen noch beim anderen.«

»Jetzt habe ich vergessen, was du mich am Anfang gefragt hast.«

»Ich habe dich gefragt …«

»Auch ein Anfang, habe ich recht? Ist unser Gespräch auch eine Art Hula-Hoop-Reifen?«

»Wenn du dir ein Gespräch als Hula-Hoop-Reifen denken willst, dann … warum nicht? Aber das führt zu weit. Nicht dass das keine interessante Frage wäre. Man könnte einen ganzen Abend darüber diskutieren. Aber wir sollten bei unserem Thema bleiben. Ich habe dich gefragt: Wann?«

»Wann.«

»Ja, wann.«

»Und ich habe die Frage nicht verstanden.«

»Und ich habe dich dann gefragt, ob du weißt, was ein Jahr ist. Erinnerst du dich?«

»Jetzt erinnere ich mich, ja.«

»Das Jahr ist rund, habe ich gesagt, und damit habe ich gemeint, es fängt immer wieder von vorne an.«

»Wie ein Hula-Hoop-Reifen.«

»Ähnlich. Aber nur ähnlich. Es ist nur ein Vergleich.«

»Nur ähnlich. Ich verstehe. Ich darf ein Jahr unter gar keinen Umständen mit einem Hula-Hoop-Reifen verwechseln. Habe ich recht?«

»Du hast recht.«

»Ich habe schon viermal recht gehabt. Oder schon fünfmal sogar. Ist das gut?«

»Das ist sehr gut. Ein Jahr fängt im Frühling an, da beginnt der Apfelbaum zu sprießen, die Blätter und die Blüten wachsen. Dann kommt der Sommer, da wachsen die Früchte, dann kommt der Herbst, da fallen die Äpfel herunter, und man kann sie essen, und es fallen auch die Blätter, und schließlich wird es Winter, im Winter ist der Baum kahl. Das sind die Jahreszeiten. Welche Jahreszeit findest du am schönsten?«

»Am wenigsten schön finde ich eindeutig den Winter. Der Winter ist nichts für mich.«

»Nein, nein, nein! Warte! Denken wir erst nach! Im Winter ist viel! Im Winter ist vielleicht am meisten!«

»Aber da sind keine Blätter und keine Blüten und keine Früchte.«

»Aber der Gedanke daran.«

»Den kann ich doch nicht essen.«

»Das ist wahr. Aber du kannst dich auf etwas freuen. Der Winter ist die Jahreszeit der Intuition, der Einbildungskraft. Du kannst dich darauf freuen, wie es sein wird, wenn dein Apfelbaum blüht und wenn er Früchte trägt. Die Intuition trägt dich in die Zukunft, sie trägt dich aus dem Winter hinaus in den Frühling und vom Frühling in den Sommer und weiter in den Herbst.«

»So wie ich mich jetzt darauf freue, dass ich mich irgendwann einmal anstrengen darf? Ist das auch Intuition? Ist das auch Einbildungskraft?«

»Du hast es verstanden! Das ist Intuition! Du kannst dir im Winter die allerschönsten Blüten ausdenken. Du kannst dir ausdenken, wie sie riechen, wie sie schimmern, weiß und in ihrer Mitte rosa. Du kannst dir ausdenken, wie viele Blüten auf deinem Baum wachsen …«

»Ich denke mir aus, dass viele Blüten auf meinem Apfelbaum wachsen. Über und über voll soll er sein mit Blüten. Und Blätter sollen auch viele wachsen, über und über voll soll mein Baum sein, und dann denke ich mir die Früchte, über und über voll mit Früchten soll mein Apfelbaum sein.«

»Da besteht dann allerdings Gefahr, dass die Äste unter dem Gewicht der Äpfel brechen.«

»Wirklich?«

»Das kommt immer wieder vor, ja.«

»Das will ich nicht. Dann will ich mir lieber weniger Früchte denken.«

»Nein, du sollst dir so viele Früchte denken, wie du willst! Denken darfst du dir so viele Früchte, wie du willst. In deinen Gedanken brechen die Äste nicht ab. Wenn du nicht willst, dass die Äste abbrechen, dann brechen sie nicht ab. Aber nur in deinen Gedanken. Du kannst im Winter zum Fenster hinausschauen, du kannst dir deinen kahlen Apfelbaum anschauen und darfst dir alles ausdenken, was du willst.«

»Aber nur im Winter, hab ich recht? Darf ich mir im Frühling nichts ausdenken? Dann mag ich den Frühling nicht.«

»Im Frühling ist das so eine Sache mit dem Ausdenken. Ausdenken darfst du dir im Frühling auch, dass dein Baum über und über voll Blüten ist. Aber dann wirst du sehen, dass er nicht genauso ist, wie du ihn dir denkst. Vielleicht werden weniger Blüten darauf sein.«

»Das will ich aber nicht.«

»Und wenn dein Apfelbaum schöner aussieht, wenn weniger Blüten auf ihm wachsen, willst du es dann auch nicht?«

»Doch, dann will ich es.«

»Und im Frühling kannst du die Blüten wirklich riechen, das kannst du im Winter nicht. Gedanken haben keinen Geruch, sie können nur so tun, als ob sie einen Geruch hätten.«

»Das ist ein Vorteil des Frühlings, habe ich recht?«

»Wenn etwas gut riecht, ist es ein Vorteil, auf alle Fälle.«

»Und was ist im Sommer?«

»Da ist es heiß. Manchmal zu heiß. Du musst keinen Mantel anziehen, und du kannst am Abend auf der Terrasse essen. An manchen Sommertagen verlässt du das Haus nicht, obwohl draußen herrlichstes Sonnenwetter ist. Du bleibst zwischen den Wänden, weil es im Haus kühler ist. Du machst sogar die Fensterläden zu, keinen Sonnenstrahl lässt du herein. Weil es draußen so heiß ist. Aber am Abend wird es kühler. Die Sommerabende gehören zum Schönsten, was das Leben zu bieten hat. Wenn du Lust hast, fährst du mit dem Fahrrad noch schnell hinunter zum Alten Rhein und springst ins Wasser und schwimmst eine Runde. Später kommen Freunde zu Besuch, und ihr sitzt auf der Terrasse und esst und trinkt und spielt Gitarre und lacht …«

»Und im Herbst?«

»Im Herbst beginnt die Schule. Dein Leben lang wird der Herbst den Geruch der Schule haben. Da darfst du dich anstrengen.«

»Endlich, oder?«

»Ja, endlich.«

»Jetzt habe ich schon wieder vergessen, was du mich am Anfang gefragt hast … im Frühling unseres Gesprächs.«

»Ich habe dich gefragt: Wann?«

»Wann.«

»Jetzt weißt du, was ein Jahr ist.«

»Ja, das weiß ich jetzt. Da brauche ich nicht zu raten. Ich weiß es. Es fühlt sich gut an, wenn man etwas weiß. Ich weiß, was ein Jahr ist. Ich weiß … ich weiß … ich weiß …«

»Konzentrier dich!«

»Ja, das will ich. Folgt jetzt etwas Wichtiges?«

»Wann!«

»Wann!«

»Wann möchtest du geboren werden? Im Frühling, im Sommer, im Herbst oder im Winter?«

»Jetzt wird es spannend, habe ich recht? Habe ich recht? Ich muss überlegen …«

»Überleg ruhig. Aber nicht zu lange.«

»Wenn ich sage, ich will im Frühling geboren werden, und es gefällt mir dann nicht, kann ich es zurücknehmen?«

»Nein, das kannst du nicht.«

»Dann sage ich … sage ich … ich möchte im Frühling geboren werden … Nein, stopp, doch lieber im Winter. Im Winter kann man sich alles ausdenken. Ich könnte mir ausdenken, aus mir wird eines Tages ein Präsident … Aber das will ich ja gar nicht. Will man sich etwas ausdenken, das man in Wirklichkeit nicht will? Ich will nicht sagen: Das da denke ich mir aus, und das da will ich haben, und das eine ist etwas anderes als das andere. Wenn ich mir etwas ausdenke, dann will ich es auch genau so haben. Dann will ich aber das, was ich habe, nicht haben, sondern etwas anderes, eben das, was ich mir ausdenke. Kann ein Mensch glücklich werden unter solchen Bedingungen? Kann ein Mensch im Winter glücklich sein? Ein ausdenkender Mensch im Winter? Es ist mir von Menschen berichtet worden, die seien an einem sonnigen Wintertag losgezogen, hinauf in die Berge seien sie gezogen, sie seien auf Wegen gegangen, die sie schon hundertmal gegangen waren, im Frühling, im Sommer, im Herbst, die Wege waren ihnen vertraut. Aber dann, als sie im Winter gingen, zog sich der Himmel zu, und es begann zu schneien. Erst dachten sie gar nichts. Es war schön, wie die Flocken vom Himmel fielen und sich auf ihre Schultern und ihre Ärmel legten. Aber dann schneite es dichter, und ein Wind kam auf, ein Sturm. Und auf einmal war ihnen der Weg fremd. Und die Zeit dehnte sich. Sie kamen nicht vom Fleck. Schon längst hätten sie bei dem Hof sein sollen, vor dem im Sommer die Gäste auf der Bank saßen und ihre Gesichter in die Sonne hielten, damit sie braun werden. Wo war dieser Hof? Wo ist der Spaziergänger? In einem weißen Ball ist er. Er weiß nicht mehr, wo hinten und vorne, wo rechts und links ist … Im Winter werde ich nur an eines denken: Hoffentlich kommt bald der Frühling. Und was werde ich im Frühling denken? Am besten scheint mir doch der Sommer zu sein trotz seiner Hitze, auch wenn ich am schönsten Sonnentag im Haus bleiben muss und die Fensterläden schließe … Das mit dem Schwimmen im Alten Rhein, das kann ich mir schön vorstellen, so schön … Ewiger Sommer, das wünscht man sich doch … Aber sollte man sich nicht vor der Ewigkeit in Acht nehmen? Ewigkeit könnte ewige Langeweile sein. Es wurde mir von Menschen berichtet, für die der Sommer wie ewige Langeweile war. Sie seien träge geworden über den Sommer und hätten die Trägheit nie wieder überwunden. Sie hätten sich an keiner herbstlichen Anstrengung erfreuen können, ihr ganzes Leben lang nicht mehr. Schuld daran war ein heißer Sommer, ein einziger heißer Sommer … Nein, ich weiß es. Jetzt weiß ich es.«

»Also?«

»Der Herbst. Ich möchte bitte im Herbst geboren werden.«

»Herbst also? Kein Zurück? Wenn du Ja sagst, dann …«

»Ist es richtig, dass man im Herbst gut nachdenken kann, ohne dass man sich gleich alles ausdenken muss?«

»Manche sagen, so sei es.«

»Also: Herbst. Ich bleibe dabei. Herbst. Ja.«

»Gut, Herbst. In welchem Monat? Im September, im Oktober oder im November?«

»Da muss ich schon wieder überlegen. Was gibt es zu den Monaten zu überlegen? Sie fahren durch das Jahr wie Lokomotiven. Außer Mai und März, die sind zu kurz für Lokomotiven. Der Mai ist ein Sportwagen, ein Porsche womöglich, ein Porsche mit offenem Verdeck. Der März dagegen kommt mir vor wie ein Traktor. Der April … ist der April eine Lokomotive? Nein, doch eher nicht. Und ein Traktor oder ein Sportwagen ist der April auch nicht. Wie komme ich auf die Idee, Monate mit Fahrzeugen zu vergleichen? Ich bin so aufgeregt. Haben die Monate Farben?«

»Farben? Ob die Monate Farben haben? Du stellst Fragen! Aber gut. Du hast gefragt. Jetzt muss ich überlegen. Ob Monate Farben haben … Farben …«

»Überleg ruhig. Aber nicht zu lange.«

»Du lernst schnell. Ich möchte einmal so sagen: Der September ist orange, der Oktober ist blau, der November ist grün, ein gedämpftes, schon etwas müdes Grün.«

»Dann möchte ich bitte im blauen Oktober geboren werden.«

»Oktober. Dann darf ich das eintragen?«

»Ja.«

»Willst du noch überlegen? Ganz kurz?«

»Nein. Oktober ist gut.«

»Dann ist Oktober fixiert. Eher in der Mitte oder am Anfang oder dem Ende zu?«

»In der Mitte. Eindeutig bitte in der Mitte.«

»Dann nehmen wir doch gleich den 15. Ist dir der 15. Oktober recht?«

»Sehr recht. Danke. Ja.«

»Dann fällt dein Geburtstag also auf den 15. Oktober. Das ist eine gute Wahl, denke ich.«

»Denkst du?«

»Ja, natürlich.«

»Na gut.«

»Du klingst nicht begeistert.«

»Auf einmal bin ich unsicher.«

»Weswegen?«

»Ich sehe den 15. Oktober vor mir und stelle mich darauf und stelle mich auf die Fußzehen, damit ich weit in die Zukunft schauen kann. Nein, lass mich! Ich will es sehen! Ich sehe eine liebe alte Frau, sie geht an meiner Seite, nein, ich gehe an ihrer Seite, denn ich bin ja viel jünger als sie und auch kleiner, obwohl sie eine kleine Frau ist, ich kann sie ja vergleichen mit den anderen Menschen um uns her. Wir gehen auf einer asphaltierten Straße, ich halte ihre Hand. Sie sagt, der Mensch müsse ehrlich sein und ehrlich bleiben, auch wenn die Umstände es ihm erlauben, dass er stiehlt, soll er doch lieber nicht stehlen. Und dann betreten wir ein Geschäft, ein Lebensmittelgeschäft, meine Großmutter kauft Kaffee ein und eine kleine Flasche Likör, dann stellen wir uns an der Kasse an, vor uns sind zwei Kunden. Als wir drankommen, sind die Kunden noch immer im Laden, sie unterhalten sich und schauen zu uns herüber. Da sagt der Besitzer des Ladens zu meiner Großmutter: Kann ich Ihre Tasche sehen? Er reißt ihr die Tasche aus der Hand und durchwühlt sie. Aber er findet nichts. Denn meine Großmutter hat nichts gestohlen. Die zwei Kunden schauen uns an, ihre Taschen sind nicht durchsucht worden. Meine Großmutter und ich, wir sind solche, die stehlen könnten, unsere Taschen müssen durchsucht werden. Wäre ich am 14. Oktober oder am 13. Oktober geboren, wäre dann die Tasche meiner Großmutter auch durchsucht worden?«

»Wahrscheinlich nicht. Der Tag deiner Geburt wäre ein anderer, und der nächste Tag wäre auch ein anderer, und alle folgenden Tage wären anders. Von Tag zu Tag würdet ihr weiter weggerückt von diesem Erlebnis. Aber was spielt das für eine Rolle?«

»Lass mich auf die Leiter steigen! Damit ich noch weiter sehen kann. Kann ich den traurigsten Tag in meinem Leben sehen? Ich möchte nur den traurigsten Tag in meinem Leben sehen!«

»Warum möchtest du nicht den fröhlichsten Tag in deinem Leben sehen?«

»Muss man sich vor der Fröhlichkeit in Acht nehmen? Was kann einem die Fröhlichkeit antun? Muss man vorbereitet sein auf die Fröhlichkeit? Noch eine Stufe und noch eine … Ich glaube, ich sehe den traurigsten Tag in meinem Leben. Ich sitze am Schreibtisch, und das Telefon klingelt … Ich bin wohlgemut, und das Telefon klingelt … Ich denke an nichts Trauriges, und das Telefon klingelt …«

»Nimm nicht ab!«

»Warum sollte ich nicht abnehmen? Ich werde ja nicht wissen, wer mich anruft und warum. Ich werde ja nicht wissen, dass ich gleich die traurigste Nachricht meines ganzen Lebens mitgeteilt bekomme …«

»Ich sage, nimm nicht ab!«

»Was sind die traurigsten Nachrichten? Sag mir, was die traurigsten Nachrichten sind!«

»Für den einen Menschen ist diese Nachricht traurig, für den anderen eine andere …«

»Nicht die traurigen Nachrichten, sondern die traurigsten!«

»Die betreffen immer den Tod.«

»Von welchem Tod wird mir am Telefon berichtet?«

»Darauf will ich nicht antworten.«

»Wäre nicht zum Beispiel der 12. April besser gewesen als der 15. Oktober? Über den April haben wir gar nicht gesprochen. April … wie schön das klingt … wie der Name eines Schmetterlings …«

»Jetzt ist es zu spät. Du bist am 15. Oktober geboren. Du hast dich entschieden. Der 15. Oktober wird kommen, und dann bist du Ich.«

»Oder der 4. August? Was würde aus mir werden, würde ich am 4. August geboren. Wer ist am 4. August geboren?«

»Es ist alles gut so, wie es ist. Glaub mir!«

»Wer ist am 4. August geboren?«

»Viele sind am 4. August geboren. Zum Beispiel Louis Armstrong.«

»Vielleicht wäre ich gern geworden wie Louis Armstrong. Trompete spielen … singen … Hat er je das

Telefon abgenommen, und jemand hat ihm vom Tod eines geliebten Menschen berichtet? Wann ist Picasso geboren?«

»Am 25. Oktober.«

»Wäre es nicht besser gewesen, ich wäre auch am 25. Oktober geboren? Hat Picasso je das Telefon abgenommen, und jemand hat ihm vom Tod eines geliebten Menschen berichtet? Es muss ein großes Glück sein, sich vor eine Leinwand zu stellen und zu malen, im Atelier steht ein CD-Player, ich lege Louis Armstrong auf und male, draußen tobt die Welt, und ich male … Das Telefon klingelt, aber ich höre es nicht, weil die Musik so laut ist …«

»Du bist am 15. Oktober geboren.«

»Habe ich wirklich nichts übersehen?«

»Nein. Um ehrlich zu sein: Es gibt nichts zu übersehen. Ganz gleich, welchen Tag du gewählt hättest, es wäre immer der richtige gewesen.«

»Andere werden an einem anderen Tag geboren, habe ich recht? Jeder an seinem. Habe ich recht?«

»Und wie du recht hast. An jedem Tag werden Menschen geboren.«

»Aber ich, ich werde am 15. Oktober geboren.«

»So ist es.«

»Ich bin am 15. Oktober geboren. Wer, hast du gesagt, bin ich am 15. Oktober?«

»Dann bist du Ich. Man wird dir alles Gute wünschen. Das verspreche ich dir.«

»Wirklich alles Gute wird man mir wünschen?«

»Alles Gute!«

»Danke.«

Nataša Dragnić

Und die Welt reist mit

Und die Welt reist mit

»Happy birthday« stand auf der schief sitzenden Krone mit dem Logo einer Fast-Food-Kette, die der Junge stolz auf dem Kopf trug. Er war als Erster in Nathalies Abteil eingetreten, wenn auch nur vorsichtig, lediglich mit einem Fuß, aber unumkehrbar, hatte sie offen und erwartungsvoll angesehen. Nathalie zwang sich zu einem Lächeln und widmete sich sofort wieder ihrem Buch, in der lauten Hoffnung, er würde verschwinden, sofort – und den Gestank und seine lächerliche Billigkrone mitnehmen. Was Nathalie brauchte, was sie glaubte zu brauchen, waren Alleinsein und Ruhe und Zeit zum Nachdenken. Hinter ihr Verona, vor ihr München. Von einem Zuhause zum anderen. Oder bildete sie sich das nur ein? Sie brauchte Zeit. Zeit gibt eine Antwort auf alles – oder zwei oder drei. Nachdenken, das musste sie. Oder einfach einschlafen. Das Buch konnte ihr dabei helfen, wie es aussah. Dieser Junge nicht, definitiv nicht.

»Free? Please?«

Noch bevor Nathalie den Kopf hob, hatte ihre Lunge reflexartig den Atem angehalten. Ein großer Mann stand jetzt in der Tür, den Jungen hatte er weitergeschoben, seine Hände lagen auf den Schultern des Kindes, kraftvoll wie Pranken. Hinter ihm noch ein Mann und eine Frau, alle in dicke Winterjacken eingemummt – die ihnen entweder zu groß oder zu klein waren. Und die eindeutig zu viele Risse und Löcher vorwiesen.

Dazu der Gestank. Kurze Atemzüge, fast unsichtbare. Nathalie dachte, sie würde ohnmächtig. Sie dachte, dass es eine gute Entscheidung gewesen war, den Platz neben der Tür zu nehmen. Sie wusste, nichts würde helfen. Vor dem Gestank gab es kein Entkommen. Nathalie schloss kurz die Augen, aber das half auch nicht. Was könnte sie schon sagen! Sie nickte zurückhaltend und senkte wieder den Kopf, versuchte aus Buchstaben Wörter zu bilden, aus Wörtern Sätze, es gelang ihr aber nicht. Womöglich bekam ihr Gehirn nicht genug Sauerstoff. Dennoch hielt sie den Kopf weiterhin gesenkt.

Es ist erstaunlich, wie viel man sehen kann, auch wenn man nicht hinsieht und nicht sehen will.

Die drei Erwachsenen gingen vorsichtig um Nathalies Beine und Füße herum, sie redeten nicht. Ihre Schuhe passten zu ihren restlichen Kleidungsstücken. Sportschuhe, alle trugen Sportschuhe und waren zweifelsohne keine Sportler. Sie setzten sich. Der große Mann in die Mitte ihr schräg gegenüber, der andere Mann neben ihn ans Fenster, die Frau ihm gegenüber und der Kleine neben die Frau. Neben Nathalie. Der Platz vis-à-vis von ihr blieb leer. Sie versuchte, für kleine Dinge des Lebens dankbar zu sein. Und so wenig Luft einzuatmen wie nur möglich. Eine Alditüte und ein kleiner Rucksack, mehr Gepäck braucht man offensichtlich nicht. Für so eine Reise. Nathalie dagegen brauchte einen großen, riesengroßen Koffer, drei Tragetaschen und eine Handtasche. Das sagte schon alles über alles. Kleiner Atemzug, ganz leicht, um nicht bemerkt zu werden. Aber nichts half. Kopfschmerzen klopften leise an. Nathalie dachte, sie würde es nicht überleben, all die zahllosen Stunden in diesem Abteil mit diesen Menschen. Sie würde sterben, ja, das dachte sie tatsächlich. Um sich gleich danach dafür zu schämen. Man kann sich gleichzeitig schämen und nicht atmen können, ja, das geht auch.

Nur der große Mann zog die Jacke aus.

Der Mann neben ihm hielt sich an der Plastiktüte fest und schaute aus dem Fenster, seine Finger fein und verkrampft.

Die Frau umarmte den Jungen und drückte ihn an sich, als wollte sie unbedingt jegliche Berührung des Kindes, und sei sie nur zufällig, mit Nathalie vermeiden. Vielleicht stinke ich auch, dachte Nathalie und musste lachen und das Lachen gleichzeitig unterdrücken, und ein würgender Laut verließ ihre Kehle. Sie atmete einmal kurz ein. Aus. Alles ist möglich.

Der kleine König verlor in der Zwischenzeit seine Krone, sie lag auf dem Sitz hinter ihm, schon leicht platt gedrückt. Der Anblick stimmte Nathalie traurig, noch trauriger. Wenn schon Kronen so leicht kaputtgehen konnten, was würde aus der Welt werden! Einatmen, Kopfweh begrüßen, blind im Buch lesen, alles sehen, nichts wissen wollen.

Sie sprachen wenig. Und was auch immer sie sagten, Nathalie verstand es nicht. Sie klappte das Buch zu, stand auf, ging in den Flur, voller Hoffnung auf eine andere Luft. Vergebens. Dann fiel ihr das Parfümfläschchen in der Tasche ein. Ein Glücksmoment der seltenen Sorte. Wie schnell Prioritäten sich ändern können! Sie trat wieder in das Abteil, sah niemanden an, kramte in ihrer großen Tasche herum und fand es. Sie schloss die Finger darum wie ein Dieb und zog es heraus, versuchte die Hand dabei natürlich zu halten. Sie wollte nicht erwischt werden, sie wollte sich nicht noch einmal schämen müssen. Aber das Überleben war doch auch wichtig. Sie ging wieder in den Flur, entfernte sich ein paar Schritte von der Tür, sah sich um und sprühte den Duft, den wunderbar vertrauten Duft, den sie so liebte, auf den sie nicht verzichten wollte, den sie in einem vielleicht übertriebenen Sinne mit ihrem eigenen Leben verband, sie sprühte ihn auf die Innenseiten ihrer Handgelenke, rieb sich dann damit so lange unter der Nase ein, bis ihr übel wurde. Sogar in die Haarsträhnen am Gesicht sprühte sie den Duft. Sie war gespannt zu erkunden, wie lange die

Duftwolke anhalten würde. Dass am Ende der Gestank siegen würde, daran hatte sie keinen Zweifel.

Es gibt immer noch eine Steigerung.

Schon vor der Tür schlug ihr der fettige Geruch von nicht mehr ganz frischen Pommes frites in die Nase.

Das Abteil wechseln konnte sie nicht. Zu unhöflich, zu missverständlich. Denn dass sie Flüchtlinge waren, war offensichtlich. Und Flüchtlinge zu beleidigen, das ging nicht. Das konnte sie nicht tun. Flüchtlingen musste man helfen. Sie wollte ihnen helfen. Aber …

Nathalie entschied sich für ein meditatives Als-ob. Die Kraft des Geistes.

Als sie wieder hineintrat, lächelte sie breit. Sie setzte sich hin und sah den Jungen an. Ganz bewusst. Sah seine dunklen Locken, seine großen schwarzen Augen, lange dichte Wimpern. Wunderschön, ein wunderschönes Kind, fünf oder sechs Jahre alt, ein kluger Blick. Zu klug vielleicht. Sie lächelte ihn an, er blieb ernst. Aber es war doch offensichtlich sein Geburtstag heute, er hätte lachen müssen, jeder sollte an seinem Geburtstag lachen können, vor allem ein Kind.

Nathalie streckte den Arm aus und holte die verformte Krone hinter dem Rücken des Jungen hervor. Sie faltete sie neu, glättete sie und machte sie wieder rund. Die ganze Zeit fühlte sie seinen Blick auf ihren Händen.

»Hier, ein Prinz ohne Krone, das geht nicht«, sagte sie langsam, reichte ihm das billige Stück Pappe. Er nahm es nicht entgegen, senkte aber den Kopf in ihre Richtung. Überrascht setzte Nathalie ihm die Krone auf. Sie wackelte, als er sich aufrichtete und sie breit anlächelte. Nathalie spürte eine Enge in der Kehle, schluckte angestrengt, ihre Augen wurden ganz weich, ganz feucht.

Ein kurzer Wortwechsel zwischen den Erwachsenen, die Frau flüsterte dem Jungen etwas ins Ohr.

»Merci«, sagte er leise.

»Bitte schön«, antwortete Nathalie gerührt.

»Thank you«, sagte der große Mann.

»Nicht der Rede wert«, lächelte Nathalie.

Und plötzlich war alles anders. Obwohl sich nichts verändert hatte. Die Menschen stanken. Die Pommesreste im fettigen Papier stanken. Die Luft war dünn. Der Raum eng. Die Kopfschmerzen eindeutig auf dem Weg. Eine Entscheidung nicht. Die Reise unendlich. Und doch.

Das Englisch des großen Mannes war dürftig. Aber wenn es um Leben und Tod geht, braucht man nicht viele Worte.

Sie waren seit zwanzig Tagen unterwegs. Ohne Unterbrechung. Aus Syrien. Alle waren verwandt. Er war der Vetter der Frau, der andere Mann ihr Ehemann, der Junge ihr Sohn. Einen Cousin hatten sie in den hohen Mittelmeerwellen verloren, irgendwo zwischen Griechenland und Italien. Keine Zeit zum Trauern. Ein Lächeln. Deutschland, unermessliche Hoffnung. Der große Mann wollte nach Hamburg, da hatte er einen Onkel. Die kleine Familie nach Düsseldorf, ein anderer Onkel. Nathalie dachte, es musste schön sein, viele Verwandte zu haben. Sie hatte keine. Zu wem könnte sie fliehen? Sie wäre schon am Anfang gescheitert, schon bei den Gedanken.

Nathalie nickte verständnislos. Nicken tut gut, auch den anderen. Man muss nicht verstehen, um nicken zu können. Nicken hilft.

Der andere Mann starrte aus dem Fenster. Vor ihm auf dem Klapptisch lagen fettiges Papier und zwei Schalen mit ein paar geschrumpften Pommes. Das Mittagessen. Das Frühstück wahrscheinlich auch. Das Abendessen – mal sehen.

Die Frau sagte etwas zu dem Jungen, und er streifte die Schuhe ab. Barfuß. Zwanzig Tage barfuß. Er zog die Beine hoch, auf den Sitz, und kuschelte sich an seine Mutter. Barfuß. In den Bergen vor ihnen lag der Schnee auf der grauen Erde.

Nathalies Gedanken rasten, überschlugen sich, machten Unordnung in ihrem Koffer. Auf der Suche.

»Wollen Sie Socken für den Jungen haben?« Der Kopf wies die Richtung, Hände zeichneten Formen in die Luft, Finger zeigten auf den Jungen, seine nackten Füße. Blicke wurden ausgetauscht, Worte wiederholt, auch die Gesten.

»Yes, yes. Thank you.«

»Merci.«

Nathalie öffnete ihren Koffer im Flur, aber nicht ganz, der Platz reichte nicht. Sie tauchte mit der Hand hinein und suchte blind nach dem Paar Söckchen. Größe 39. Alles war besser, als barfuß in das neue Leben zu starten, in das neue Lebensjahr. Ein Geburtstag ohne Socken geht nicht, wenn auf den Bergen Schnee liegt. Eine Krone und barfuß im November geht noch weniger.

Mit einem Freudenschrei holte Nathalie die Füßlinge hervor und streckte sie triumphierend in die Höhe. Koffer zu. Sie setzte sich auf ihren Platz und reichte der Mutter die Söckchen, die an einigen Stellen ganz dünn waren. Aber alles war besser als …

»Merci.«

»Merci.«

»Thank you.«

»Aber bitte schön, keine Ursache, die sind schon alt und leider nicht gewaschen, und zu groß natürlich auch, aber das macht hoffentlich nichts, ich habe sie schon getragen, ich bin auf dem Weg nach Hause, da wollte ich sie waschen, aber alles ist besser als ohne, sie sind nicht neu, getragen sind sie auch, seine Füße sind auch zu klein …«

»Thank you.«

»Danke, man sagt ›Danke‹, auf Deutsch sagt man ›Danke‹. Wenn Sie in Deutschland bleiben wollen, müssen Sie Deutsch lernen. Also: Danke.«

»Danke.«

»Ja, genau, super!«

Der große Mann grinste zufrieden, Nathalie auch.

Dann sagte er etwas zu den anderen, und plötzlich war »Danke« aus allen Ecken zu hören. Wie ein Fluss hörte sich das Wort an, endlos und unaufhaltsam, und Nathalie dachte, das könnte ein Anfang sein. Dann lachten alle zusammen. Aus Verlegenheit und Verbundenheit und Erkenntlichkeit.

Und so sah Nathalie die wahren Gesichter, die Menschen hinter der Angst. Und dachte, Lachen könne Leben retten. Es war völlig klar: Sie musste sie am Lachen erhalten. Sie dachte angestrengt nach. Was konnte sie ihnen noch geben? Denn ein Entertainer war Nathalie wahrhaftig nicht, höchstens mit der Sprache, aber das zählte hier nicht.

Sie stand wieder auf, nahm eine Tasche von der Ablage über dem leeren Sitz. Sie machte sie auf. Bücher und noch mehr Bücher. Zwei Hefte, eines davon leer. Stifte, aber keine bunten. Sie holte die Sachen heraus und stellte die Tasche wieder hoch. Das Heft und zwei Bleistifte reichte sie dem Jungen. Er blickte zu seiner Mutter, sie nickte. Ihr Arm immer noch um seine Schultern gelegt.

»Danke«, sagte er, als hätte er nie etwas anderes gesagt. Und Nathalie freute sich über seine Schlauheit und ihre Fähigkeit, ihm etwas beizubringen.

Er machte das Heft auf, nahm den Stift in die rechte Hand, und ohne zu zögern fing er an zu malen. Als wäre das Bild schon in seinem Kopf gewesen, schon lange, und hätte nur auf ein Blatt Papier und einen Stift gewartet, seit Tagen schon. Nathalie konnte nicht gleich erkennen, was es sein sollte. Sie sah die Mutter an. Die Mutter sah aus dem Fenster. Nathalie wünschte ihr, ihre Gedanken würden vorbeirasen wie die Bäume und Häuser vor ihren Augen. Vielleicht lag die Lösung in der Geschwindigkeit. Und deswegen ist eine Zugreise immer wohltuender als eine Flugreise, denn über den Wolken steht die Zeit, es gibt sie nicht: Beim Ausstieg ist alles genauso, wie es beim Einstieg war. Nur dass man plötzlich an einem andern Ort ist.

»Was wird das?«

Der Junge ließ sich nicht stören, er zog weiter schnell und sicher seine Linien.

»Ist das ein Haus? Ein großes Haus?«

Ein Strich und noch einer.

»Oder eine Giraffe?«

Jetzt erkannte Nathalie eine Welle, es musste eine Welle sein.

»Ich weiß, es ist ein Schiff!«

Da der Junge einfach weiterzeichnete – das Wort »besessen« kam Nathalie in den Sinn – sah sie den großen Mann an, suchte eine Bestätigung bei ihm. Er lächelte, aber Nathalie gefiel dieses Lächeln nicht, es war nicht freudig, ganz im Gegenteil. Und das war genau das Gegenteil von dem, was sie wollte, was ihre Aufgabe war.

»Was kann ich für Sie tun?«

Der große Mann hob fragend die Schultern.

»What can I do for you?«

Dieses Lächeln gefiel ihr schon besser, und sie atmete tief ein. Und merkte, dass sie den Gestank nicht mehr wahrnahm. Sie atmete noch ein paarmal sehr bewusst ein und aus – nichts. Vielleicht, aber auch nur vielleicht, war ein dünner säuerlicher Faden zu spüren. Der Gestank der zwanzigtägigen Reise und zweier Schalen Pommes frites hatte sie verschluckt, vereinnahmt, ihre Sinne in ein künstliches

Koma versetzt. So schnell kann das gehen, so schnell und so schleichend. Teilweise freute Nathalie sich darüber, das gab Hoffnung, stärkte den Glauben an ein gutes Ende.

Aber außer dem Lächeln kam nichts, keine Antwort in keiner Sprache. Was nicht so schlimm war, denn während sie darauf gewartet hatte, hatten sich auch die Eltern des Jungen zu ihr gedreht und gelächelt, und das war schon ein Fortschritt – besser, als den eigenen Gedanken beim Vorbeiziehen zuzuschauen. Besser vielleicht, aber auch nur vielleicht, als ein überfülltes kleines Schiff auf riesengroßen grauen Wellen zu zeichnen. Nathalie wusste es nicht. Vergessen, verdrängen, verharren – was davon die Lösung war, das wusste sie nicht. Verona oder München?, das wusste sie auch nicht. Und was eine Flucht war und was ein Nach-Hause-Fahren, das verwirrte sie zusätzlich, und sie hatte weder eine Lösung noch eine Antwort für sich gefunden. Wie kam sie, ausgerechnet sie, auf die Idee, sie könnte diesen Menschen helfen?

Der Junge starrte sie an. Sie bemühte sich, ihre Gesichtszüge weicher zu machen, zuversichtlicher.

»Ein Schiff?« Sie legte den Finger auf seine Zeichnung, die fertig zu sein schien. Der Junge sagte etwas, sie verstand es nicht.

»Schiff«, wiederholte sie, diesmal langsamer, und klopfte mehrmals auf das graue Schiff auf den grauen Wellen. Der Junge blieb bei seiner Sprache, seinen Wörtern – auch wenn die Welt nicht mehr seine war. So ging das einige Male hin und her –, bis der Junge »Schiff« sagte und Nathalie in die Hände klatschte und alle mit Begeisterung lachten. Wer stolzer war, war schwer zu sagen.

»Wellen.« Nathalie zog die grauen aufsteigenden und absteigenden Linien mit dem Finger nach. »Wellen«, sagte sie dann noch einmal und sah den Jungen erwartungsvoll an.

»Wellen«, sagte er mit Leichtigkeit.

Und plötzlich war »Wellen« von überall im Abteil zu hören. Wie ein Lied. Dann sagte der Junge »Schiff«, und alle stimmten ein, und so entstand fast ein Satz, und Nathalie war glücklich.

Aber ausruhen durfte sie sich nicht. Also nahm sie den zweiten Stift und malte eine Sonne auf das Blatt. »So-nne«, sagte sie, und der Junge verstand sofort das Spiel, das keines war, und plötzlich dachte Nathalie, die Reise sei zu kurz, um alle Wörter aufzumalen. Sie geriet in Panik. Wer war sie, um zu entscheiden, welche Wörter lebenswichtig waren!

Sechs Striche. »Haus«, und vier Stimmen wiederholten es brav. Es wurde nicht mehr geklatscht. Es wurde erwartet. Eine ungerade Zickzacklinie. »Berge«, diesmal schrieb Nathalie das Wort neben die Zeichnung. Alle Köpfe neigten sich zum Heft, nickten zustimmend. Weitere Wörter kamen dran: Palme, Glas, Flasche, Bett, Vogel. Beim Vogel musste Nathalie mit den ausgestreckten Armen wedeln, um ihre Zeichnung verständlich zu machen. Die Frau lachte ein wenig, bedeckte sofort den Mund mit der Hand und wendete den Blick ab, als hätte sie etwas Falsches gemacht.

»Ja, ich weiß, ich kann nicht sehr gut malen, schon in der Schule war ich immer ein Beispiel dafür, wie man es nicht machen sollte, Sie können ruhig lachen, das ist in Ordnung, das macht mir nichts aus, lachen Sie nur, Sie sollen alle darüber lachen, lachen wir …«, und sie lachte ein wenig gezwungen. Um richtig zu übertreiben, legte sie auch den Kopf in den Nacken und lachte noch lauter.

Während der Zug weitereilte und ihre Zeit immer knapper wurde.

Während sie eine ganz wunderbare Idee bekam.

Eifrig nahm sie das Heft an sich und fing an zu malen. Viele Linien. Sie hob den Blick und sah nachdenkliche

Gesichter um sich, alle Augen auf das Bild gerichtet. Dann auf sie, fragend. Sie nickte enthusiastisch und bellte leise. Lediglich der Junge lachte, verstand es aber noch nicht. Sie bellte lauter, ausgiebiger und zeigte dabei auf die Zeichnung.

»Ooooooh«, ging durch das Abteil. Der große Mann drehte das Heft zu sich und sagte noch einmal »Ooooooh«. Dann sah er sie an und schüttelte den Kopf, aber freundlich, fast mitfühlend. Nathalie bellte noch einmal, kurz, schrill, und da mussten alle lachen, diesmal verdeckte die Frau den Mund nicht.

Nathalie machte fleißig weiter, zog Linien und malte Flächen, die sie selbst nicht erkennen würde. Nur um aufstehen und Geräusche und Bewegungen von sich geben und Grimassen schneiden zu können.

Vielleicht ist das Leben doch ein Maskenball, ein Ponyhof, ein Karussell, eine Reise, ein Märchen, ein Stück Schokolade, ein Bungeesprung?

Das Lachen beherrschte den engen Raum, man hätte es sogar Glück nennen können – Nathalie tat es. Menschen kamen vorbei, einige blieben einen Augenblick stehen, zogen dann weiter, als hätten sie kein Recht, daran teilzunehmen.

Dann musste der Junge auf die Toilette, der große Mann begleitete ihn. Der Vater sah den beiden nach. Die Mutter entdeckte wieder das Fenster. Nathalie setzte sich und holte tief Luft, schloss kurz die Augen, und sofort wurde sie von einer Müdigkeit übermannt, die ihr alle Gedanken stahl. Das Einzige, was sie noch denken konnte, war, dass sie nichts mehr denken konnte. Verloren in der Warteschleife.

Der Junge und der große Mann kamen zurück.

Mit Mühe öffnete Nathalie die Augen, lächelte.

Und sah das große Loch in der zu großen Hose des Jungen. Als sie sich langsam aufrichtete, bemerkte sie weitere Löcher in den Hosenbeinen.

»Soll ich ihm eine Hose geben?«, fragte sie, bevor sie darüber nachdenken konnte, ob sie eine Hose für ihn dabei hätte. Eine Hose hatte sie ihren Mitreisenden noch nicht gemalt, weder erkennbar noch mit Pantomime, »geben« und »sollen« sowieso nicht. Verben sind nicht so einfach, lassen sich nicht besonders gut zeichnen, aber das konnte die nächste Herausforderung sein, Verben. Verben und Adjektive. Vielleicht würde sie sie bis nach Hamburg begleiten müssen!

Sie fasste an ihre eigene Hose, zog an ihr, zeigte dann auf die des Jungen, auf die Löcher, hob die Augenbrauen und neigte den Kopf in Richtung ihres Riesenkoffers. Etwas würde sich schon finden, irgendetwas würde sich schon ergeben. Als wäre ihr Koffer eine Schatztruhe aus Aladins Räuberhöhle.

Man hatte sie verstanden, die Mutter nickte, sagte »Merci«, aber der Junge sah sie tadelnd an und sagte laut »Danke!«, sie wiederholte es, zweimal, und die beiden Männer lachten.

Nathalie widmete sich wieder ihrem Koffer, machte ihn diesmal so weit auf, wie es ging, hob die Trennwände an und spähte hinein. Nur Unsinn, nichts Hilfreiches: feine Kleider und Unterwäsche, Blusen und teure Halstücher. Mehr Bücher. Schuhe und zwei Kosmetikbeutel. Und dann, als sie schon verzweifeln wollte, richtig verzweifeln, mit Tränen und allem Drum und Dran – sah sie sie. Grau wie die Wellen in der Zeichnung des Jungen. Eine Jogginghose, die sie kein einziges Mal angezogen hatte, die sie zur Beruhigung des schlechten Gewissens mitgenommen hatte – aber sportlich war sie noch nie gewesen: Warum damit ausgerechnet in den fünf Wochen in Verona anfangen? Aber die Hose hatte in der Taille und an den Knöcheln einen Gummizug! Man konnte sie nicht verlieren, selbst ein Kind nicht. Nathalie zog sie mit Schwung aus dem Koffer und sprang hoch.

»Ta-raaaaaaa!«

Und wieder lachten alle, und Nathalie verbeugte sich, machte sogar einen Knicks, breitete dabei seitlich mit den Fingerspitzen den unsichtbaren Rock aus.

Die Mutter half dem Jungen, die Hose anzuziehen. Sie raffte sie und raffte, endlos lang schien sie zu sein, und wieder mussten alle lachen.

Der Zug hielt an. Rote und lila Streifen in den dunkelgrauen Wolken des Himmels. Eine kleine Stadt, wie ausgestorben, niemand stieg aus noch ein. Es war vermutlich noch Italien, aber Nathalie kannte sich nicht aus, das war ihre erste Reise in diese Richtung, und sie sah kein Ortsschild auf dem Bahnhof. Schon ging es weiter.

Und auch in ihrem Abteil blieb nichts stehen.

Die fettigen Reste wurden endlich weggeräumt.

Aus dem Rucksack eine Flasche Wasser herausgeholt und herumgereicht. Nathalie lehnte dankend ab.

Als der Zug langsam an einem Fast-Food-Imbiss vorbeifuhr, fiel Nathalie auf, dass die Krone verschwunden war, ohne dass jemand es bemerkt hatte.

Es war doch sein Geburtstag! Das musste man gebührend feiern. Da genügte so eine lächerliche Krone sowieso nicht. Sie brauchten einen Kuchen, eine Torte, und Kerzen zum Auspusten. Und Geschenke. Und Luftballons und Hütchen und kleine Trompeten.

Nathalie war plötzlich von Panik ergriffen. Wie würde sie das schaffen? München oder Verona?, wer konnte das sagen. Vielleicht wäre Hamburg tatsächlich eine Lösung, einfach weiterfahren, immer weitergleiten, an nächtlichen Städten und Dörfern und Feldern vorbei. Bald würde es dunkel sein.

Vielleicht war die Krone aber auch lediglich eine Fast-Food-Gratiszugabe, ohne große Bedeutung. Vielleicht rannten Dutzende von Kindern auf der ganzen Welt mit solchen mehr oder weniger zerfetzten, gezackten, goldenen Kopfbedeckungen herum. Vielleicht hätte sie auch eine geschenkt bekommen, hätte sie eine fettige Tüte fettiger Pommes bestellt.

Nathalie setzte sich wieder auf ihren Platz, erschöpft und kraftlos. Es gibt Fluchten und Fluchten. Es gibt Odysseen und Odysseen. Man muss in die Schuhe des anderen schlüpfen. Sie dachte an ihre Söckchen. An ihre Hose. Vielleicht musste man das ganze Konzept mit den Schuhen doch überdenken.

Nathalie spürte eine leichte Berührung, den Hauch einer Berührung, und etwas legte sich zögerlich auf ihre Knie. Sie öffnete die Augen. Das Heft lag auf ihren Oberschenkeln, eine leere Seite starrte sie an. Die Augen des Jungen auch. In der Hand hielt er den Stift und bot ihn ihr an.

Nathalie nahm ihn entgegen. Sie überlegte kurz, dann zeichnete sie eine große Geburtstagstorte mit sechs Kerzen. Sie gab sich sehr viel Mühe mit der Torte, sie verteilte Sahne darauf, viel Sahne. Und Erdbeerhälften, auch wenn gerade keine Erdbeerzeit war. Hoch war die Torte, hoch, lecker und unvergesslich.

»Torte«, sagte sie, während sie noch an ihr herummalte. »Kerzen«, sagte sie und bemühte sich um eine kleine Flamme auf jeder Kerze. Sie musste es dreimal aussprechen, bevor der Junge etwas sagte. Sie korrigierte seine »Kerzen«, bis sie sich richtig anhörten. Die Erwachsenen schwiegen, sahen aus dem Fenster, taten so, als würden sie schlafen. Als würde es nur die beiden geben, den Jungen und Nathalie. Sie fühlte sich verraten, jetzt, wo sie eine von ihnen war, auch wenn ihre Kleidung gut saß und ihr Koffer riesengroß war. Und sie einen Hausschlüssel in der Handtasche hatte. Aber emotionale Fluchten zählten doch auch, oder?

Als Torte und Kerzen passten, malte Nathalie einen Jungen mit einem Hut auf dem Kopf und einem Luftballon in der Hand und einem breiten Grinsen im Gesicht.

»Junge«, sagte sie und schenkte dem breit grinsenden Jungen ein paar dunkle Locken. »Du«, sagte sie und zeigte auf den Jungen neben sich, sie stupste ihn leicht am Oberarm an. »Du.«

Der Junge legte seinen dünnen Finger auf den Luftballon. »Luftballon, das ist ein Luftballon«, sagte Nathalie. »Und das ist ein Hut. Hut.« Er wiederholte, sie bestand auf der korrekten Aussprache, sogar auf dem ganzen kurzen Satz. Als er es schaffte, klatschte sie, sie klatschte laut und rief »Bravo!« und sah dabei die Erwachsenen an, sie wollte sie aufwecken aus ihren Gedanken und Ablenkungen, sie wollte sie dabeihaben, sie sollten mitmachen, alles sollte so sein wie früher. Sie durften sie jetzt nicht verlassen, verraten.

Sie sprang auf, der Junge erschrak, die Erwachsenen auch, alle sahen sie verwundert an. Und Nathalie dachte, dass sie nicht verrückt war, dass sie wusste, was sie tat. Sie fing an, *Happy birthday* zu singen. Nathalie war keine begnadete Sängerin, aber das kümmerte sie nicht. Ganz im Gegenteil, sie sang den einen oder den anderen Ton ausdrücklich schief, bald lachte ihr Publikum. Nathalie strahlte über das ganze Gesicht, wurde lauter, hob die Arme, und im nächsten Augenblick, ohne es geplant zu haben, aber von der Freude beflügelt, fing sie an zu tanzen. Und sang dabei weiter, immer wieder und immer lauter, wie in einer Dauerschleife.

Euphorie überwältigte sie, sie schloss die Augen, ihr Gleichgewicht geriet ins Wanken, sie stieß sich an allem und jedem und spürte Hände an den Beinen, die sie womöglich vor dem Hinfallen bewahren wollten. Sie begann zu hüpfen. Sie schrie, alles in ihr schrie, und sie gab nicht auf.

Bis ihre Stimme versagte, sich weigerte, weiter mitzumachen und sich so grausam bloßzustellen. So blieb Nathalie plötzlich stehen und öffnete langsam die Augen. Alle Blicke lagen schwer auf ihr. Niemand hatte sie verstanden. Sie hatte sich selbst nicht verstanden.

Sie nahm wieder Platz. Trance ist auch keine Lösung, dachte sie, lehnte die Stirn an die Glaswand zum Flur. Und merkte ohne Verwunderung, wie München aus dem Spiel herausgefallen war und an seiner Stelle Hamburg an Bedeutung gewann. Denn Hamburg bot ihr mehr Zeit. München oder Verona?, das war vor einer Stunde gewesen. Jetzt lautete die Frage: Hamburg oder Verona? Hamburg kannte Nathalie nicht, eine völlig fremde Stadt am Wasser. Und Wasser konnte gefährlich sein, das hatte sie soeben gelernt. Ein Abenteuer. Konnte man es als Abenteuer bezeichnen? Wo hört Abenteuer auf, und wo fängt Wahnsinn an?

Nathalie schlief ein.

Dann kam Innsbruck. Der Lärm der Bremsen weckte sie unsanft. Augen verschleiert, halb blind. Die Szene im Abteil wie ein Gemälde, eingefroren, aber vertraut, schon vertraut. Nach ein paar Stunden erst, es bedarf so wenig – und es bedarf noch weniger, wenn man verzweifelt ist. Der Zauber des Lachens.

Der Junge sah sie an. Seine großen, runden, dunklen Augen. Nathalie dachte, sie wollte sie nicht missen, diese Wärme, diesen Glauben, alles offengelegt, ohne Rückversicherung, ohne Gewähr – auf dem Weg von Syrien nach Innsbruck. Nach Düsseldorf. Sie könnte ihn in Düsseldorf besuchen. Und wusste gleich, sie würde es nicht tun. Und dann wusste sie auch, sie würde in München bleiben, die Stadt am Wasser würde ohne sie weitermachen müssen.

Der Junge hielt ihr das Heft unter die Nase. Über die ganze Seite hatte er ein Fahrrad gezeichnet, in allen Details, mit viel Liebe. Nathalie war sofort klar, dass das nicht irgendein Fahrrad war, sondern ein heiß geliebtes Objekt darstellte, seine womöglich teuerste Kindheitserinnerung, die nur in seinem Herzen einen Platz im Boot gefunden hatte.

»Fahrrad«, sagte sie mit unklarer, vom Singen erschöpfter Stimme und lächelte den Jungen an. Beim zweiten Mal hatte er es dann richtig. Er zeigte auf sich. »Mein Fahrrad, ja, das mein Fahrrad.« Und Nathalie dachte an all das, was sie in Verona gelassen hatte, was sie nicht hatte mitnehmen können, weil sie nicht wusste, ob sie »mein« sagen durfte – was sie in die Flucht getrieben hatte. »Mein Fahrrad«, flüsterte sie und erntete einen leichten Schubs von dem Jungen. Er hatte die Seite umgeblättert und zeigte ihr die andere Zeichnung. »Mädchen?« Nathalie war sich nicht sicher, es hätte auch eine erwachsene Frau, eine Oma oder Tante oder Lieblingslehrerin sein können. Irgendein weibliches Wesen. Aber sie bot ihm noch einmal »Mädchen« an, und er nickte. »Mein Mädchen«, sagte er, und seine Augen wurden größer und unklarer. Er blinzelte nicht, er starrte das Bild an.

Also doch nicht das Fahrrad! Nathalie nahm den Stift und malte ein großes Herz. »Liebe«. Der Junge sah sie nicht an und sagte nichts. Tränen auf den Wangen. »Liebe«, sagte sie ganz sanft, mit der Andeutung eines Lächelns in der Stimme, obwohl ihr auch nach Tränen war. Als ihre Blicke sich trafen, waren sie allein im Abteil, im Zug. Auf der Welt. Die ganze Welt in einem engen, alten, stinkenden Coupé. Sie nickten einander zu. »Liebe«, sagte der Junge, beugte den Kopf und legte einen stillen Kuss auf das Bild.

Nathalie sah die Erwachsenen an. Ernste Gesichter, entschuldigendes Lächeln, das, ohne Überzeugung und ohne zu überzeugen, sagen wollte, das sei Kinderkram, lediglich Kinderkram. Während der Junge immer noch sein Mädchen küsste.

Nach stundenlangen Augenblicken zog die Mutter den Sohn an sich, weg vom Bild, weg vom Heft, von der Liebe. Er ließ sie gewähren. Die Schlacht hatte er schon vor zwanzig Tagen verloren, oder auch früher, aber egal, verloren ist verloren, egal, wie lange du gekämpft hast.

Hatte er gekämpft?

Hatte sie gekämpft?

Richtig gekämpft, mit Körper, Herz und Seele, ganz und gar? Wann ist es leichter aufzugeben, mit sechs oder mit sechsunddreißig? Oder ist alles egal?

Nathalie blätterte ein paar Seiten zurück. Auch im Heft. Sie fand die Torte, die Kerzen, das Geburtstagskind und zeigte sie dem Jungen. Er sah sie stumm an.

»Du weißt noch, wir feiern deinen Geburtstag, das wird lustig, noch lustiger als bis jetzt, du wirst sehen, wir werden einen Riesenspaß haben, warte nur einen Moment, ich muss was finden, ich muss eine Torte finden, und wir werden wieder singen, und ich mache mich wieder zum Clown, und du kannst ruhig lachen, jeder kann lachen, je lauter, desto besser, du wirst sehen, warte mal …«

»Torte, Kerzen«, sagte der Junge, und Nathalie hätte weinen können vor Rührung, vor Begeisterung.

»Bravo!« Sie klatschte in die Hände mit viel Kraft, sprang wieder einmal von ihrem Platz auf, wieder einmal erschraken die Erwachsenen. Und eben wollte der große Mann etwas sagen, da fiel es ihr ein.

»Aber natürlich, wie konnte ich das vergessen?!«

Nathalie nahm eine ihrer Taschen von der Ablage, stellte sie auf ihren Sitz und fing an zu suchen, sie wühlte und fand nichts. Die zweite Tasche war dran. Aus der dritten holte sie mit einem theatralisch lauten »Ta-daaaaaa« eine Packung runder Kekse, ein Geschenk für München, für zu

Hause in München. Aber das war jetzt nicht wichtig, denn fast wäre es Hamburg geworden, Hamburg ohne Zuhause, und der Junge verdiente seinen Geburtstagskuchen. Und außerdem hatten wahrscheinlich alle Hunger.

»Die Kerzen, ich brauche eine Kerze, wenigstens eine Kerze zum Auspusten, ohne Kerze zählt es nicht.« Nathalie drehte sich zum großen Mann. »Sie haben nicht zufällig eine Kerze in Ihrem Rucksack? Irgendetwas, das brennt?« Der große Mann sah sie verständnislos an, zuckte mit den Schultern. »Klar, warum sollten Sie? Es gibt Wichtigeres zum Mitnehmen, wenn man alles hinter sich lässt, das Fahrrad, das Leben, die Liebe ... Ob ein Stift brennt, richtig brennt, mit Flamme?, ich brauche eine Flamme, nicht nur Rauch. Und Wattestäbchen? Oder, oder ...«

Nathalie hörte auf, in ihrem Kopf zu kramen, und zeigte auf die gezeichneten Kerzen im Heft, mimte Auspusten. Alle schüttelten den Kopf, aber der Vater holte aus einer Innentasche seiner Jacke eine Schachtel Streichhölzer. Nathalie hätte ihn küssen können, was natürlich kaum angemessen gewesen wäre. Nathalie war lediglich ein Eindringling. Wie schnell das gehen kann, vom Gastgeber zum Gast.

»Danke«, sagte sie einfach und nahm sie entgegen.

»Danke«, sagte der Vater.

»Nein, nicht ›Danke‹, ›Bitte‹«, Nathalie lächelte. »Nur ›Bitte‹. ›Bitte‹.«

»Bitte.«

»Genau, das ist richtig, bravo.«

Alle nacheinander sagten »bitte«, und Nathalie lobte jeden Einzelnen.

Sie riss die Tüte mit den teuren italienischen Keksen auf und fischte einen großen runden, ja, tatsächlich runden Keks heraus und legte ihn in die Hand des Jungen. »Nicht essen, noch nicht. Einfach halten!« Sie nahm ein

Streichholz aus der Schachtel, die Schachtel gab sie dem großen Mann und bedeutete ihm, was er zu tun hatte. Er nickte. Sie hielt ihr Streichholz über dem Keks in der Hand des Jungen und erklärte ihm mit sparsamen Bewegungen, was er tun musste. Dabei sah sie die Aufregung in seinen Augen, er biss sich auf die Unterlippe, seine dünnen Finger zitterten.

»Alle bereit?«, fragte sie in die Runde und wartete keine Antwort ab. Sie gab dem großen Mann ein Zeichen, er zündete ein Streichholz und damit das andere an, das Nathalie dicht über dem Keks hielt. Ein Zischen war zu hören, der Junge richtete sich ein wenig auf, entfernte sich von der Flamme.

»Jetzt, pusten, komm, auspusten …«

Die beiden Flammen brannten ab.

Der Junge sah Nathalie erschrocken an.

»Macht nichts, wir zünden neue an, macht nichts, kein Problem, du musst nur schnell sein, gleich auspusten, erst dann kannst du den Keks essen, klar?«

Und wieder wurden Streichhölzer angezündet, und die Flammen schnellten in die Höhe, aber diesmal schreckte der Junge nicht zurück, sondern pustete so kraftvoll, dass die Streichhölzer wegflogen! Nathalie applaudierte und stimmte wieder einmal *Happy Birthday* an, und diesmal sangen alle mit.

Nathalies Blick traf den der Mutter. Sie konnte ihn nicht lesen. Aber er sagte etwas, er wollte eindeutig etwas sagen. Ein wenig Dankbarkeit, das sah sie, Freude, das auch. Aber es gab noch etwas in diesen schwarzen Augen, und das konnte sie nicht deuten. Als wäre alles nur ein Scherz. Sie senkte den Blick, spürte aber weiterhin einen Stich im Brustkorb.

Nathalie teilte die Kekse aus, sie nahm keinen. Die Kekse waren ein Geschenk, sie konnte sie nicht essen.

Auch wenn die Entscheidung getroffen war. Oder es wenigstens den Anschein hatte. Sie hatte zwei Adressen, wusste aber nicht, ob sie ein Zuhause hatte.

»Danke«, sagte die Frau.

Auch die anderen bedankten sich. Schnell war die Tüte leer und Lippen und Kinn voller Krümel. Sie lachten.

Dann kam Rosenheim.

Und alle wurden ruhig.

Nathalie, weil München immer näher rückte.

Nathalies Mitreisende, weil sie wussten, was in Rosenheim passieren konnte. Sie hatten alle Informationen. In Rosenheim lag die Falle, die Gefahr. In Rosenheim, an der Grenze.

Der Zug hielt an, und die Grenzschutzpolizei stieg ein.

Reisepässe mussten vorgezeigt werden. Aber mit oder ohne Pass, alle Flüchtlinge und alle, die so aussahen, mussten aussteigen.

Der große Mann hatte einen Pass. Musste dennoch aussteigen. Die Eltern und der Junge hatten keine Papiere und mussten aussteigen. Der Onkel in Hamburg und der in Düsseldorf konnten nicht helfen. Nathalie konnte nicht helfen.

Still und mit gesenktem Blick verließen sie das Abteil. Nathalie lächelte bemüht, grinste fast, und keiner sah es. Sie folgte ihnen bis zur Wagentür. Sie stiegen aus, der große Mann half dem Jungen. Ihre Blicke begegneten sich, nur einen kurzen Augenblick, ein Blick wie ein Zwinkern. Nathalie nickte, der große Mann nickte. Und schon waren sie ein Teil der Gruppe geworden, die sich vor der Treppe am Bahnsteig versammelte und wartete, umgeben von drei Beamten. Mit Gewehren.

Nathalie ging zurück zu ihrem Abteil, blieb aber im Flur stehen, schaute aus dem Fenster.

»Was passiert jetzt mit ihnen?«, fragte sie einen Polizisten, der eben vorbeiging.

»Sie werden registriert.«

»Und dann?«

»Dann können sie weiterfahren.« Er sah irgendetwas in Nathalies Augen, ihrem angespannten Mund. »Machen Sie sich keine Gedanken, das wird alles gut, es wird ihnen gut gehen, man wird sich um sie kümmern.« Er eilte weiter.

Nathalie wollte ihm jedes Wort glauben, während sie die Nase an die Fensterscheibe drückte. Die Gruppe auf dem Bahnsteig wurde immer größer. Bilder aus Geschichtsbüchern erwachten in Nathalies Kopf, vermehrten sich, wurden immer gewaltiger, strömten bald durch ihren ganzen Körper. Sie wehrte sich, aber schwach. Andere Zeiten, andere Gesetze, andere Beamte. Und dennoch. Ihre Mitreisenden am Gleis beachteten sie nicht. Gesenkte Köpfe und lautes Schweigen.

Dann drehte sich der Junge zu ihr um, zum Zug, zum Fenster, an dem sie stand. Er lächelte nicht. Sie zog eine Grimasse und noch eine und noch eine, sie kasperte herum, wedelte mit den Armen, kämpfte um ein Lächeln, ein einziges Lächeln, damit wäre sie schon zufrieden. Er musste nicht lachen, aber sein winziges Gesicht, seine großen Augen, sie sollten sich entkrampfen, entschärfen, seine Gedanken entlasten. Er tat ihr den Gefallen nicht. Er beruhigte nicht ihr Gewissen. Plötzlich schien ihr München lächerlich, Verona auch, ihr Dilemma auch, ihre Unsicherheit, Unentschlossenheit, ihr Verlust war plötzlich kein Verlust mehr. Sie durfte weiterfahren.

Der Zug setzte sich langsam, beinahe zögernd in Bewegung. Als hätte auch er ein schlechtes Gewissen.

Und als Nathalie schon aufgeben wollte, als ihr ganzer Körper schon dabei war, in dem Sitz im leeren Abteil zusammenzubrechen, hob der Junge in Nathalies grauer Jogginghose seine Hand. Er winkte nicht, er lächelte nicht, er verzog keine Miene. Er streckte ihr lediglich seinen Arm entgegen.

In der Hand, zwischen seinen zarten Fingern, hielt er ein abgebranntes Streichholz.

Und dann verschwand er.

Nicht einmal seinen Namen kannte sie.

Und das Leben musste überdacht werden.

Nachwort des Herausgebers
Die zwei Gesichter einer Medaille

Bemerkungen über die Geburt und ihren Widersacher

Was die Raupe Ende der Welt nennt,
nennt der Rest der Welt Schmetterling.
Laotse

Zuerst einmal das Wichtigste: Ohne Geburt wären wir alle nicht hier, und dann gäbe es auch die vorliegenden Texte nicht.

An den Geburtstag dachte ich zum ersten Mal, als ich nach Europa kam. In Damaskus feierten wir ihn nie. Einzig die Geburt Jesu Christi, die auf Arabisch *´Id al Milad* (Geburtstagsfest) heißt, wurde gefeiert, Weihnachten als mehrfaches Wunder religiös begangen. Ein Gottessohn wurde von einer Jungfrau geboren, und er lag nicht in irgendeinem Palast, sondern in einer Krippe in einem winzigen Ort namens Bethlehem – und noch dazu in einem Stall oder einer Höhle.

Die Weihnachtszeit in Damaskus ist kalt und regnerisch, und es gab in meiner Kindheit keine Geschenke, nur feierliche Gottesdienste und gutes Essen.

Das größte Fest der Christen in Syrien war und ist Ostern, wenn die Welt aufblüht. Unser Nachbar, ein alter Kutscher, brachte es auf den Punkt. Wir feierten im Kirchhof, und die Leute sangen und tanzten in ihren schönsten Kleidern. »Ob von einer Jungfrau oder nicht«, sagte er laut, anscheinend im Streit mit jemandem, »geboren wurden alle Propheten, und gestorben sind auch alle, aber nur einer ist nach drei Tagen auferstanden!«

Auch die Muslime feierten die Geburt des Propheten Muhammad. Der Geburtstag des Propheten hat keinen festen Platz im Julianischen Kalender. Er wandert durch das Jahr, weil die islamische Zeitrechnung Mondmonate hat. Das Jahr dort ist etwa elf Tage kürzer als im christlichen Kalender. Die islamische Zeitrechnung beginnt auch nicht mit der Geburt des Propheten, sondern mit seiner Auswanderung (Hedschra) von Mekka, wo er verfolgt wurde, in die Stadt Medina, deren Bewohner ihn willkommen hießen. Das war im Jahre 622. Das Geburtstagsfest des Propheten wird in Südostasien groß gefeiert, während Salafisten wie auch strenge Wahhabiten in Saudi-Arabien die Feier ablehnen.

Ein Kuriosum ergab sich im Jahre 2015, als die Geburtstage von Jesus und Muhammad beide auf den Heiligen Abend, den 24.12., fielen. Das letzte Mal war das 1852 passiert, und das nächste Mal wird es im Jahre 2080 der Fall sein, sollte die Erde bis dahin noch bestehen.

Die katholische Minderheit, der ich angehöre, feierte Namenstage wie zum Beispiel Marie, Therese, Antonius. Benachteiligt waren alle, die wie ich einen arabischen Namen tragen. Heilige mit arabischen Namen gibt es nicht, da der Himmel für Europäer reserviert ist.

Heute ahmen die Araber, Männer und Frauen, wie in vielen anderen Bereichen auch die Europäer und Amerikaner nach und singen sogar einen grässlich kitschigen Text nach der Melodie von *Happy Birthday*.

Geburt und Tod

»Der Tod geht mich eigentlich nichts an.
Denn wenn er ist, bin ich nicht mehr,
und solange ich bin, ist er nicht.«
Epikur

Unsere lebenden Verwandten, Nachbarn und Freunde versperren uns den Blick wie Bäume in einem dichten Wald, und wir leben so, als würden wir ewig leben. Erst wenn die uns umgebenden Menschen vom Tod gefällt werden, lichtet sich der Wald, und wir sehen plötzlich den Abgrund, und zwar bei jedem Tod noch klarer … bis wir selbst an seinem Rand stehen. Aber jeder Tod ist eine Aufforderung, so zu leben, als wäre dieser Tag unser letzter.

Das jährliche Geburtstagsfest ist in gewisser Hinsicht eine Freude über den kleinen Sieg, ein Jahr lang gegen den Tod gewonnen zu haben. Man spricht es nicht aus, aber die Bedrohung ist allgegenwärtig. Und doch gewinnt der Tod dadurch eine positive Eigenschaft: Er, der Leben vernichtet, macht das Leben lebenswerter. Der Tod ist ein Meister, der uns, wenn wir Mut haben, Demut und Zufriedenheit lehrt.

Geburt und Tod bedingen einander wie zwei Enden einer Stange, wie zwei Pole. Dazwischen erstreckt sich, ob kurz oder lang, das Leben, das dynamisch in ständiger Veränderung ist – und die Geburt ist das Tor dazu, während der Tod das Tor zu einem immer und ewig selben Zustand ist.

Die Metamorphose des Geburtstagsfestes

Wenn du ein Kind siehst,
hast du Gott auf frischer Tat ertappt.
Martin Luther

Anders als man gemeinhin vermutet, ist die Geburtstagsfeier nicht neu und kein Kind der Moderne. Die alten Ägypter feierten wie alle anderen Hochkulturen den Geburtstag, aber der Kalender war ein Geheimnis mit sieben Siegeln, und so war das Wissen über den eigenen Geburtstag ein Monopol der Priester und Wissenschaftler, also der geistigen Elite, die Zugang zu den astronomischen Daten und Berechnungen hatte. Die breiten Schichten des Volkes wussten nichts über ihren Geburtstag. Gefeiert wurde lediglich der Geburtstag des Pharao. Bei den Griechen und später auch bei den Römern feierten weitere – vor allem wohlhabende – Schichten der Bevölkerung den Geburtstag mit Festen, die dazu dienen sollten, die bösen Geister von der gefeierten Person fernzuhalten. Geschenke und manchmal Opfergaben dienten dem Gedenken an die Ahnen und waren als Dank für die Schutzgeister gedacht. Griechen und Römer glaubten fest daran, dass jeder einen solchen Schutzgeist hat. Dieser begleitete die Geburt und unterhielt Beziehungen zu den Göttern. Diese Vorstellung ist gar nicht so weit vom christlichen Glauben an Schutzengel entfernt. Kerzen und Weihrauch wurden angezündet, um die Stimmung der Götter und der Feiernden zu heben. In der griechischen Kultur gab es meines Wissens erstmals Kerzen auf dem Geburtstagskuchen. Die alten Griechen stellten ihn, der rund wie ein Vollmond sein sollte, mit Kerzen geschmückt auf die Altäre der Göttin

Artemis, die u. a. die Göttin der Jagd, des Mondes und die Beschützerin der Frauen und Kinder war. Es wurden Einladungen geschrieben und Gedichte vorgetragen. Sogar eine eigene Gedichtform für den Geburtstag existierte, *Genethliakon* genannt. Man feierte mit Freunden und Verwandten und sang ein Ständchen für das Geburtstagskind. Es gab reichlich Essen – auch Kuchen – und Getränke. Insofern kamen die griechische und später die römische unserer heutigen Geburtstagsfeier sehr nah. Der Grund, weshalb diese Art der Feier in ganz Europa populär werden konnte, liegt in der Verbreitung des Kalenders. Deutlich wird dies anhand vieler historischer Zeugnisse, darunter Inschriften von Grabsteinen der »Normalsterblichen«, deren Daten genau festgehalten wurden. Der Kalender machte das Geburtstagsfest allen Bevölkerungsschichten zugänglich, war jedoch auf Dauer kein Garant dafür, dass es auch tatsächlich zelebriert wurde. Im Mittelalter war der Kalender noch verbreiteter, und trotzdem feierte man den Geburtstag nicht mehr, weil die Kirche dieses Fest als »heidnisch« verurteilte. Sie sollte das alles später zurücknehmen, wie wir noch sehen werden.

Im Alten Testament ist nur dreimal ein Geburtstagsfest erwähnt. Alle drei Fälle sind nicht heiter:

1. Der Geburtstag des Pharao, bei dem er einen Mundschenk begnadigt und einen Bäcker aufhängen lässt. Beide waren in Ungnade gefallen (1. Moses 40, 20).

2. Die Geburtstagsfeste von Hiobs Söhnen. Der fromme Vater brachte nach Beendigung der Feste Opfer in nachträglicher Sorge darüber, dass seine Söhne auf ihren Festen gesündigt haben könnten (Hiob 1, 4–5).

3. Das Geburtstagsfest des verhassten Antiochos IV. Epiphanes, zu dem die Juden Jerusalems mit demütigender Gewalt getrieben wurden (2. Makkabäer 6, 7).

Das Neue Testament erwähnt nur ein einziges Geburtstagsfest, das wiederum schlimm endet: das große Fest des Herodes Antipas, bei dem die hübsche Salome, Tochter der Geliebten von Herodes, sich als Lohn für ihren Tanz den Kopf des mutigen Johannes des Täufers wünschte (Matthäus 14, 1–12 und Markus 6, 14–29). Hier endet der Bericht des Evangeliums, aber nicht die Legende: Johannes' Anhänger hätten noch in der Nacht das Haupt des heiligen Mannes entwendet, nach Damaskus gebracht und dort begraben. Um das Grab entstand eine große Kirche, und als die Muslime sie in die inzwischen berühmte »Omaijadenmoschee« verwandelten, behielten sie das Grab mitten in der Moschee, weil sie Johannes verehrten und ihn Yahya nannten (arab. = er lebt). Aber das ist eine andere Geschichte.

Zurück zum Geburtstag.

Etwa bis zum Ende des 4. Jahrhunderts also lehnte die Kirche das Geburtstagsfest als heidnisch ab. Aber allmählich, ab dem 5. Jahrhundert, setzte sich der Brauch, den Geburtstag zu feiern, durch. Zögerlich akzeptierte die Kirche das Fest zunächst nur für den Kaiser sowie für die Heiligen der Kirche. Und hier – bei den Heiligen – stoßen wir auf ein bedeutungsvolles Kuriosum. Im Buch *Heilige und Namenspatronen im Jahresablauf*[1], in dem jeder Tag des Jahres einem (manchmal auch mehreren) Heiligen gewidmet wird, ist bei Märtyrern oft der Todestag ausschlaggebend. Und zwar deshalb, weil nach christlichem Glauben

---

1 Schauber, Vera / Schindler, Hans Michael, *Heilige und Namenspatronen im Jahresablauf*. Sonderausgabe, Pattloch Verlag, Augsburg 1998.

der Todestag eines Märtyrers als Geburt in das wahre, das ewige Leben (dies natalis) verstanden wurde.

Bis zum 19. Jahrhundert blieb das Geburtstagsfest in Europa trotz der Französischen Revolution den oberen Schichten vorbehalten. Allerdings war für die Katholiken weniger der Geburts- als vielmehr der Namenstag Anlass für ein Fest. Die Anhänger der evangelischen Kirche feierten dagegen Geburtstag, da sie das ganze Brimborium der Anbetung der Heiligen ablehnten. Bald ahmten die Katholiken ihre Konkurrenten nach, und in den letzten Jahrzehnten feierten immer weniger Katholiken ihren Namenstag.

So wie bei den alten Ägyptern, Griechen und Römern begehen auch heute viele Staaten den Geburtstag ihrer Herrscher und erklären ihn, oft wenig bescheiden, zum Feiertag für das ganze Volk. Vor allem in Diktaturen. Hitler, Stalin, Mao Zedong wurden wie Heilige umjubelt, und bis in die Gegenwart werden diese Verbrecher von ihren Anhängern gefeiert. Am schlimmsten war und ist es noch in Nordkorea[2].

Aber auch in Demokratien wurden und werden Monarchen groß gefeiert, wie etwa in Großbritannien die Queen und in den Niederlanden Königin Beatrix. Da ihr Geburtstag am 31. Januar aber in die kalte, regenreiche

---

2 Dort herrscht der Kim-Clan. Und stirbt einer dieser Verbrecher, bekommt er einen der höchsten Posten für die Ewigkeit; so ist Kim il-Sung Präsident für die Ewigkeit. Dieses Amt wird seitdem nicht mehr besetzt. Sein Sohn Kim Jong-il wurde nach dem Tode zum »Ewigen Generalsekretär der Arbeiterpartei« und zum »Ewigen Vorsitzenden der Militärkommission« ernannt. Diese Ämter werden seitdem nicht mehr vergeben. Und bleibt das so, wird Nordkorea nur noch aus den Gräbern der ewigen Führer regiert, was bei genauer Betrachtung schon heute der Fall ist.

Jahreszeit fällt, feierte man den *Koninginnedag* offiziell erst am 30. April. Ihr Sohn und Nachfolger Wilhelm-Alexander wurde am 27. April geboren, doch man verjüngte ihn um drei Tage und feiert seinen *Koningsdag* nun ebenfalls am 30. April.

Man könnte noch viel mehr über Sitten und Gebräuche, die mit dem Geburtstag zusammenhängen, schreiben. Auch an Kuriositäten und Rätseln fehlt es nicht, so etwa die Übereinstimmungen im Leben der US-Präsidenten Lincoln und Kennedy[3]. In der Tat sehr erstaunlich, aber die Verschwörungstheoretiker brachten auch hier eine Menge Unsinn und Fälschungen auf und verdarben damit das Staunen.

Man findet in Büchern und im Internet sehr interessante Informationen über die Geburt, dieses Wunder, das Frauen unter Lebensgefahr vollbringen, aber man trifft auch auf viel Humbug und auf Ansätze zur Verdummung der Menschen, wenn etwa die Behauptung verbreitet wird, das Schicksal eines Menschen sei bereits bei seiner Geburt entschieden. Die Sterne hätten es bestimmt. Es liegt in solchen Überlegungen auch eine gewisse Überheblichkeit, die unfreiwillig komisch wirkt. Ein Winzling auf einem kleinen Planeten eines bescheidenen Sonnensystems, bestehend aus einer Sonne und einer kleinen Zahl von Planeten, beschäftigt Sterne, die gewaltig groß und Lichtjahre voneinander entfernt sind, so, dass sie ihm – mangels besserer Beschäftigung – eine Zukunft basteln. Und das muss 380.000-mal am Tag vonstattengehen, denn so viele Menschen werden täglich geboren.

---

3 Zum Stichwort »Lincoln-Kennedy-Rätsel« siehe Artikel im Internet

Man trifft auch auf verrückte Geburtstagsfeiern wie etwa die spleenige Party, die jedes Jahr am 14. März, Punkt 13:59 zelebriert wird. Die Feiernden sind einige Mathematiker, Computerfreaks und Wissenschaftler. Sie feiern den »Pi-Day«. Datum und Uhrzeit, wie in Amerika üblich notiert – 3.14.1:59 p.m. – , ergeben nämlich exakt die ersten sechs Ziffern von Pi (π): 3,14159.

Eine Reise namens Leben

Geburt und Tod sind nicht zweierlei Zustände,
sie sind zwei Aspekte desselben Zustandes
Mahatma Gandhi

Das Leben wird oft als Reise, Wanderung zwischen Geburt, dem Ausgangspunkt, und Tod, dem Ziel, beschrieben. Eine der Interpretationen des Märchens *Hans im Glück* führt uns diese Reise des Menschen vor Augen. Es ist eine weise Geschichte. Hans im Glück arbeitet fleißig und handelt nach dem Prinzip der Lust und nicht nach den Regeln der Gewinnmaximierung, um schließlich befreit von allem irdischen Reichtum zur Mutter, der Erde, zurückzugehen, um also mit leeren Händen, leichtem Herzen und frei von aller Last zu sterben, so wie er bei der Geburt angekommen ist.

»So glücklich wie ich«, ruft er aus, »gibt es keinen Menschen unter der Sonne.«[4]

Die Geburt ist der Anfang eines Weges, der nicht einfach oder linear verläuft, der vielmehr sehr kompliziert

---

4 Grimm, Jacob und Wilhelm, *Kinder- und Hausmärchen*. Bd. 2, Insel Verlag, Frankfurt a. M. 1984, S. 95–101.

und wundersam sein kann und doch mit Sicherheit in den Abgrund des Todes führt. Bald verschwindet der Startpunkt im Gewühl der Ereignisse eines Lebens. Der Tod bleibt allgegenwärtig. Er lauert wie ein kalter Schatten hinter jeder Kurve, im Schlepptau eines jeden kleinen Virus.

Wilde Tiere und Naturkatastrophen erschreckten den Menschen von Urbeginn an, diese Angst hat einen Namen: Todesangst.

Auch wenn die Geburt ein Wunder ist, so hat sie jahrtausendelang nicht das gleiche Interesse erregt wie der geheimnisvolle Tod, der nicht nur Philosophen und Dichter beschäftigte, sondern auch den einfachen Menschen.

Schon bei Sokrates waren Philosophie und Tod eng verbunden. Und liest man den Aufklärer Michel de Montaigne, so erkennt man schon am Titel seines Essays *Philosophieren heißt sterben lernen*[5] die nahe Verwandtschaft zu Platon und Cicero in der Auseinandersetzung mit dem Tod. Sein Resümee ist jedoch alles andere als pessimistisch oder ablehnend. Es heißt: das Leben zu lieben, mutig zur Kenntnis zu nehmen, dass der Tod unvermeidlich ist, aber keinen Anlass gibt, in Angst zu leben.

Es würde den Rahmen dieses Nachworts, ja des ganzen Bandes sprengen, wollte ich all die Äußerungen der Philosophen über die menschliche Reise Geburt–Leben–Tod zusammenstellen und kritisch vergleichen.

Aber man kann, ohne zu stark zu vereinfachen, zusammenfassend feststellen: Es herrschte schon immer eine große Skepsis gegenüber der Geburt und ein großer Respekt vor dem Tod.

---

5 Montaigne, Michel, *Essais I*, übersetzt von Hans Stilett, dtv, München 2007, Bd. I, S. 126.

Die Geburt galt häufig als der Anfang des Leidens und der Tod als Erlösung. Emil M. Cioran, ein rumänisch-französischer Essayist und Aphoristiker, betrachtet gar das Leben als eine andauernde Flucht vor der Geburtskatastrophe. In seinem Buch *Vom Nachteil, geboren zu sein*[6], einer chaotischen Sammlung von Aphorismen und giftigen Hieben, findet sich etwa der Satz: »Ich habe alle Verbrechen begangen außer dem einen: Vater zu sein.« Das ist durchaus nicht neu. Das Leben als Qual und die Zeugung als Verbrechen hat ein arabischer Dichter bereits neun Jahrhunderte vor ihm beschrieben[7].

Der Tod ist ein Rätsel, ein unabwendbares Schicksal aller Lebewesen. Heute können wir das als gegebene Tatsache akzeptieren, aber die Menschheit musste das erst lernen, so wie das Kind erst mit sieben Jahren oder später anfängt, sich Gedanken über den Tod zu machen.

Eine der bewegendsten Geschichten, die sich mit dem Tod beschäftigt, ist das Gilgamesch-Epos. Der Namensgeber war ein sumerischer König Anfang des dritten Jahrtausends v. Chr. in Mesopotamien (dem heutigen Irak).

---

6 Cioran, Emil M., *Vom Nachteil, geboren zu sein: Gedanken und Aphorismen.* Suhrkamp, Frankfurt 1979. Von Adam Fathi aus dem Französischen ins Arabische übersetzt, Kamel Verlag, Beirut 2015.

7 Abu al Ala' al Ma'ari (973–1057), Dichter und Philosoph. Er war blind und blieb kinderlos. Er verfügte, dass auf seinem Grab folgender Vers stehen solle: *Das hat mir mein Vater angetan, ich aber beging das Verbrechen an keinem.* Er übte harsche Kritik an der Religion, lebte als einer der Ersten in der arabischen Geschichte als Vegetarier und beschrieb in seinem gewaltigen Werk *Sendeschreiben der Vergebung* eine Reise in den Himmel und in die Hölle. Dante Alighieri (1265–1321) wurde von Al Ma'ari »inspiriert«, als er die *Göttliche Komödie* schrieb. Er kannte das Werk, da es ins Spanische und Lateinische übersetzt war.

Das Gilgamesch-Epos erzählt von der Suche nach dem ewigen Leben. Nach dem Tod seines Freundes (in einigen Fassungen sein Diener) Enkidu versucht Gilgamesch, mit Mut und Klugheit das Elixier für das ewige Leben zu bekommen, scheitert – und kehrt mit der Überzeugung nach Uruk zurück, dass nur seine Taten einen Menschen ewig leben lassen.

Auch Aristoteles machte sich Gedanken über den Tod, als sein Freund Hermeias in der Gefangenschaft vom Perserkönig Artaxerxes III. gefoltert und ermordet wurde. Vielleicht als Trost oder gar aus Trotz gegen den Tod stellte Aristoteles die These auf: Der Geist ist der göttliche Teil eines Menschen, und er ist unsterblich[8].

Diese Flucht vor der Trauer um die Unabwendbarkeit des Todes erzeugte religiöse Konzepte als Erklärungsversuche, nicht erst bei den monotheistischen Religionen mit ihrem Paradies. Die Ägypter glaubten fest an ein Leben im Jenseits und legten den Mumien sogar Haushaltsgeräte und Lebensmittel bei. Die Ironie des Lebens – oder besser gesagt: des Todes – liegt darin, dass die Ägypter jedwede Maßnahme getroffen haben, um das ewige Leben zu beweisen, dass es aber die Allmacht des Todes war, deren Nachweis sie erbracht haben.

In anderen Kulturen, wie etwa der chinesischen, hat man dem Kaiser als Begleitung eine ganze Gesellschaft aus

---

8 Ebenfalls nach dem Tod seines zypriotischen Freundes Eudemos schrieb Aristoteles seine Abhandlung über die Unsterblichkeit in Form eines Dialogs (seinen Lehrer Platon nachahmend) mit dem Titel *Eudemos. Über die Seele*, von der nur Fragmente erhalten sind. Ein berühmtes Zitat lautet: »Das Allerbeste nämlich ist für dich gänzlich unerreichbar: nicht geboren zu sein, nicht zu sein, nichts zu sein. Das Zweitbeste aber ist für dich, nachdem du einmal geboren bist, möglichst bald zu sterben.« (Aristoteles: *Eudemos*, Fragment 45)

Terrakotta mitgegeben. Gaukler, Musiker und vor allem Tausende Soldaten und Pferde.

Andere Völker waren praktischer, sie erfanden die Wiedergeburt (Reinkarnation) als Antwort auf den Tod. Man kommt wieder auf die Erde, nicht immer als Mensch, sondern womöglich als Pflanze oder Tier oder sogar als böser Dämon.

Auch Nietzsche glaubte an die »ewige Wiederkunft«. Der zentrale Gedanke in seinem Werk *Also sprach Zarathustra* lautet: »Alles geht, Alles kommt zurück; ewig rollt das Rad des Seins. Alles stirbt, Alles blüht wieder auf, ewig läuft das Jahr des Seins. Alles bricht, Alles wird neu gefügt; ewig baut sich das gleiche Haus des Seins.« [9]

Die monotheistischen Religionen haben also nichts Neues erfunden, als sie das ewige Leben im Jenseits versprachen. Das Jenseits bedeutet: Es gibt Hoffnung auf Leben hinter dem sicheren Abgrund des Todes. Das Paradies war längst in allen Details von den Griechen beschrieben worden. Nach der griechischen Mythologie leben die Lieblinge der Götter auf einer »Insel der Seligen«, den Elysischen Gefilden. Dort sind die Glücklichen unsterblich.

Und dennoch haben die monotheistischen Religionen etwas ganz Neues in Sachen Leben im Jenseits gebracht. Im Unterschied zu den Privilegierten der Gesellschaft (Helden, Könige, Reiche, Gelehrte etc.), die bei Ägyptern, Griechen und Römern das Paradies in Beschlag nahmen, machten die monotheistischen Religionen das Paradies zugänglich für jeden Frommen, und Frömmigkeit kann auch besitzen, wer sonst nichts besitzt.

---

9 Nietzsche, Friedrich, *Also sprach Zarathustra*, »Der Genesende«, in: *Gesammelte Werke in 11 Bänden*, Bd. 7, Wilhelm Goldmann Verlag, München 1964, S. 178.

Die Hoffnung auf ein ewiges Leben zeigte Wirkung. Der heilige Paulus, der umtriebige Gründer der Kirche, versprach, man komme mit dem eigenen Leib im Paradies an. Noch 1200 Jahre später bestätigte das Vierte Laterankonzil in Rom diese Aussage des heiligen Paulus[10].

Das Versprechen wirkte mit magischer Anziehung auf alle geschundenen und unterdrückten Menschen im Römischen Reich. Es verhieß Erleichterung für ihr elendes Dasein. Viele bewegte dabei die Aussicht auf eine ausgleichende Gerechtigkeit.

Und damit wurde das Christentum zu einer sehr attraktiven Mischung aus einer friedlichen *irdischen* Befreiungsbewegung mit dem Ziel einer *himmlischen,* ja sozialistischen Gerechtigkeit im Jenseits. Kein Wunder, dass die neue Religion in den unteren Schichten massenhaften Zulauf erfuhr. Paulus war aber viel klüger als Marx, Lenin und Mao. Sein Paradies lag im Jenseits und war damit unüberprüfbar.

Der Islam bot ein sehr sinnliches Paradies an. Seine Anhänger waren in der Wüste fast verhungert und verdurstet und hofften auf Erlösung in einem versprochenen Paradies, das nicht mehr als ein üppiger, aber umzäunter (versteckter)

---

10 Was aber nicht von allen Menschen gerne aufgenommen wurde, auch nicht von Immanuel Kant, der unter Rückenverkrümmung litt und nicht größer als 1,57 Meter war. Seine sarkastische Bemerkung dazu: »Denn wem ist wohl sein Körper so lieb, dass er ihn gern in Ewigkeit mit sich schleppen möchte, wenn er seiner entübrigt sein kann?« (aus: Immanuel Kant, »Der Streit der Fakultäten«. 1. Kapitel, Resultat in: Immanuel Kant, *Gesammelte Schriften,* »Akademieausgabe«, Königlich Preußische Akademie der Wissenschaften, Band VII, Berlin 1907, 1917, S. 40 und im Internet http://gutenberg.spiegel.de/buch/-3509/1)

Garten[11] war. Neben allerlei erotischen Verführungen sollten dort Milch, Honig und Wein fließen.

Was all diese Verwalter der Religionen allerdings verband: Mit Zuckerbrot (ein blühendes, sorgloses Paradiesleben) und eben auch Peitsche (die Hölle) machten sie ihre Anhänger gehorsam. Wobei immer wieder einmal Zweifel aufflackerten, wie man an der Geschichte aus unserer Nachbarschaft in Damaskus sieht: Eine uralte fromme Frau aus unserer Gasse, die kein Fasten und keinen Gottesdienst versäumte, die als Einzige strahlend aus dem Beichtstuhl trat, weil sie vom Pfarrer keine Bußgebete aufgebrummt, sondern Lobeshymnen zu hören bekam, hielt diesen eines Tages am Ärmel fest. »Euer Hochwürden, wenn da oben, Sie wissen schon, wenn da oben kein Paradies ist, dann habe ich hier doch nur Mist gebaut.«

Geburt und Tod in der Moderne

Jedes Kind bringt die Botschaft,
dass Gott die Lust am Menschen
noch nicht verloren hat.
Rabindranath Thakur

Die moderne Gesellschaft ist eine Massengesellschaft. Geburt und Tod haben viele ihrer Rituale und damit auch ihre gebührende Beachtung verloren. In meiner Kindheit

11 Dschanna = Paradies = versteckter Garten. Der Wortstamm ist derselbe wie der des Wortes Madschnun = Verrückter. Im Arabischen ist der Geist des Verrückten nicht ver-rückt, sondern nur versteckt.

in Damaskus kamen Nachbarn und feierten die Geburt eines Kindes mit, die sich in der Regel zu Hause ereignete, und beim Sterben kamen sie auch alle, um den Angehörigen beizustehen und sie tagelang zu begleiten und ihnen im Haushalt zu helfen. Die schwarzen Kleider der Trauernden waren ein Signal, das Rücksicht, Mitgefühl und Solidarität forderte.

Die Massengesellschaft der Moderne gibt viel Lebensqualität preis. Heute wird der Kaiserschnitt nicht als Notlösung, sondern als Möglichkeit betrachtet, ohne Schmerz und nach Plan zu gebären. Viele Frauen gehen nach ein paar Tagen sofort wieder zur Arbeit und zum Alltag über. Am anderen Ende des Lebens genauso: Manche beerdigen ihre Angehörigen und gehen noch am selben Tag zum Feiern oder zum Sport. Der moderne Mensch hat Angst, nicht zu funktionieren. Und nicht selten lachen die Zurückgebliebenen gekünstelt und demonstrieren Nervenstärke. Es ist nicht die Unmoral der Moderne, sondern die Eile, die uns zu einer indifferenten, konturenlosen Masse in einem Leben ohne Zäsuren macht.

Es gibt jedoch eine Philosophin, Hannah Arendt, die wie keine andere und kein anderer der Geburt einen positiven philosophischen und politischen Sinn gegeben hat.

Hannah Arendts großer Wurf, die Philosophie der Natalität (Gebürtigkeit), ist ein Gegenentwurf zur Philosophie der Geworfenheit (der Unvermeidbarkeit des Daseins) ihres Lehrers Martin Heidegger. Das war ein Befreiungsschlag für die Philosophie, die über zwei Jahrtausende hinweg den Tod im Blick hatte. Hannah Arendt führte dagegen als Erste die Philosophie der Geburt ein.

Jede Geburt ist eine Neugeburt, jedes Kind ein neuer Anfang, ein neuer Wille, der selbst etwas Neues anfangen kann. Hannah Arendt sieht das Wunder der Geburt nicht in der Schaffung eines neuen Körpers, vielmehr sieht sie in der Geburt das Entstehen eines neuen Bewusstseins, eines neuen Willens. In diesem Verständnis – kein Wesen und kein Bewusstsein gleicht dem anderen – spielt die Natalität auch für die Politik eine wichtige Rolle[12].

Auch die Entstehung einer Geschichte wird oft als Geburt bezeichnet. Die hier vorliegenden Texte sind jeder für sich neu und führen, ganz im Sinne von Hannah Arendt, ein eigenes Leben: Keiner gleicht dem anderen. Das bewundere ich.

---

12 Arendt, Hannah, *Vita activa oder Vom tätigen Leben,* 10. Auflage. Piper Verlag, München, Zürich 1998, S. 18 ff.

Die Autorinnen und Autoren

Rafik Schami, 1946 in Damaskus geboren, wanderte 1971 in die Bundesrepublik aus. Er studierte Chemie in Heidelberg und schloss sein Studium 1979 mit der Promotion ab. Heute zählt er zu den bedeutendsten Autoren deutscher Sprache. Seine Bücher erschienen in 28 Sprachen und wurden mit vielen Preisen ausgezeichnet, u. a. mit dem Hermann-Hesse-Preis, dem Chamisso-Preis, dem Nelly-Sachs-Preis und dem Preis gegen das Vergessen und für Demokratie. Seit 2002 ist Rafik Schami Mitglied der Bayerischen Akademie der Schönen Künste. Veröffentlichungen u. a.: *Eine Hand voller Sterne* (1987), *Erzähler der Nacht* (1989), *Die dunkle Seite der Liebe* (2004), *Damaskus im Herzen und Deutschland im Blick* (2006), *Das Geheimnis des Kalligraphen* (2008), *Eine deutsche Leidenschaft namens Nudelsalat* (2012), *Die Farbe der Worte* gemeinsam mit Root Leeb (ars vivendi, Jubiläumsausgabe 2013), *Sophia oder Der Anfang aller Geschichten* (2015).

Monika Helfer, geboren 1947 in Au/Bregenzerwald, lebt als Schriftstellerin mit ihrer Familie in Vorarlberg. Sie hat Romane, Erzählungen und Kinderbücher veröffentlicht, zuletzt *Bevor ich schlafen kann* (2010), *Oskar und Lilli* (2011), *Die Bar im Freien – Aus der Unwahrscheinlichkeit der Welt* (2012) und *Die Welt der Unordnung* (2015). Gemeinsam mit Michael Köhlmeier veröffentlichte sie 2010 *Rosie und der Urgroßvater*. Für ihre Arbeiten wurde sie u. a. mit dem Robert-Musil-Stipendium (1996) und dem Österreichischen Würdigungspreis für Literatur (1997) ausgezeichnet.

Franz Hohler, 1943 in Biel geboren, aufgewachsen in Olten, studierte fünf Semester Germanistik und Romanistik in Zürich und arbeitet seither freischaffend für Bühne, Radio und Fernsehen. Er lebt mit seiner Frau in Zürich, schreibt Erzählungen, Romane, Gedichte, Kabarettprogramme, Theaterstücke und Kinderbücher. Zuletzt wurden von ihm veröffentlicht: *Gleis 4* (Roman, 2013), *Der Autostopper* (gesammelte kurze Erzählungen, 2014), *Ein Feuer im Garten* (kurze Erzählungen, 2015), *Alt?* (Gedichte, 2017), *Es war einmal ein Igel* (Kinderverse, 2011), *Die Nacht des Kometen* (Erzählung für Kinder, 2015) sowie, zusammen mit Alex Capus und Pedro Lenz, *Die Prinzessin, der General und die Sängerin: Stadtgeschichten* (Kurzgeschichten, 2016).

Root Leeb, 1955 in Würzburg geboren, studierte Germanistik, Philosophie und Sozialpädagogik. Sie arbeitete zwei Jahre als Deutschlehrerin für Ausländer, danach sechs Jahre als Straßenbahnfahrerin in München. Heute lebt sie als Autorin, Malerin und Zeichnerin in Rheinland-Pfalz. Bei ars vivendi erschien 2001 *Mittwoch Frauensauna*, 2003 folgte *Tramfrau – Aufzeichnungen und Abenteuer der Straßenbahnfahrerin Roberta Laub*, 2012 ihr Roman *Hero – Impressionen einer Familie*, 2013 *Die dicke Dame und andere kurze Geschichten* und 2015 ihr Roman *Don Quijotes Schwester.*

Michael Köhlmeier, 1949 in Hard am Bodensee geboren, lebt als Schriftsteller in Hohenems (Vorarlberg) und Wien. Er schreibt Kurzprosa, Lyrik, Bühnenstücke, Drehbücher sowie Hörspiele und hat zahlreiche Romane veröffentlicht, darunter *Abendland* (2007, Finalist beim Deutschen Buchpreis), *Madalyn* (2010) und *Die Abenteuer des Joel Spazierer* (2013). Mit *Zwei Herren am Strand* war er 2014 auf der Longlist für den Deutschen Buchpreis vertreten, 2016 erschien *Das Mädchen mit dem Fingerhut.* Michael Köhlmeiers

Werke sind in mehreren Sprachen erschienen, er ist Träger etlicher Literaturpreise.

Nataša Dragnić wurde 1965 in Split (Kroatien) geboren. Nach dem Germanistik- und Romanistikstudium in Zagreb schloss sie eine Diplomatenausbildung ab. Seit 1994 lebt sie in Erlangen und war viele Jahre als freiberufliche Fremdsprachen- und Literaturdozentin tätig. Ihr Debüt *Jeden Tag, jede Stunde* erschien in rund 30 Sprachen, ihr zweiter Roman *Immer wieder das Meer* wurde 2013 veröffentlicht, ebenfalls in mehreren Übersetzungen. Sie erhielt den IHK-Kulturpreis der Stadt Nürnberg 2012, den August Graf von Platen Förderpreis 2013 und den italienischen Premio Fondazione Francesco Alziator 2013. Bei ars vivendi erschien im Frühjahr 2016 ihr neuer Roman *Der Wind war es*, im Herbst 2017 folgt *Einatmen, ausatmen*.